她们

林贤治 ／ 著

复旦大学出版社

目 录

米雪尔：比男人伟大 *1*
穿过黑暗的那一道幽光 *27*
"嗜血的红色罗莎" *71*
沉思与反抗 *89*
旷代的忧伤 *109*
一个女人和一个时代 *115*
赫塔·米勒：带手绢的作家 *133*
见证：一个人的斗争史 *145*
墓地的红草莓 *167*

最后的迷失 *179*

秋风秋雨愁煞人 *189*

编后记 *215*

米雪尔：比男人伟大

> 我只有一种激情，那就是革命。
>
> ——〔法〕露易丝·米雪尔

1

所谓革命，一般来说不是指政治革命就是指社会革命，总之与权力和秩序有关，而与人无关；尤其是个人的生命内部，似乎是革命无法抵达，也无须抵达的。事实上，真正意义上的革命，是一场解放人、创造人的运动。革命原则赋予革命者以一种新的道德，比如正义感、反抗的勇气、自我牺牲精神等等，这些都不是一个平庸的时代

米雪尔

所可培植的，需要良好的土壤和特殊的气候条件。所以，法国大革命时，罗伯斯庇尔十分强调革命的美德，称大革命为美德的统治。而他，在个人道德方面，正是一位公认的不容玷污的人。

露易丝·米雪尔是大革命家族的成员，巴黎公社的女儿。从投入革命斗争的头一天起，便忠实于她的理想，毫无保留地把青春和生命献给了人民的事业。所有认识她的人都赞誉她，称她为"红色贞女"，公社的《公报》则称她为"革命女英雄"。

她非常喜爱红石竹花，这样歌咏道：

> 如果我葬身于幽暗的墓地，
> 弟兄们，请在你们的姐妹身上
> 投几束红艳的石竹花
> 代表我终生的希望。
> 在那帝国没落
> 人民觉醒的时刻，
> 红石竹花呀！你的微笑
> 闪现出复活的曙光……

这纯净而热烈的红色花朵，正是诗人的自画像。

2

米雪尔于1830年5月29日诞生在法国上马思省弗隆古尔古堡,此地距英法百年战争时期的女英雄贞德的家乡只有几英里,这种戏剧性的安排,容易使人产生英雄主义的联想。但是,米雪尔出身卑贱,是一个"非婚生"的孩子。她的母亲玛丽安娜是一个普通农妇,古堡主人沙尔·德马伊的女仆。至于父亲,有传记作家认为是德马伊之子洛朗,也有人认为是德马伊本人。米雪尔否认后者的说法,一度极力摆脱这种说法的可怕纠缠。

德马伊参加过1793年法国大革命,推崇伏尔泰、卢梭和百科全书派,是一个有思想的人。米雪尔回忆说,在晚上,老人会给她讲述强盗和骑士的故事,或者讲述旺代叛乱,大革命以及路易十六的故事。当米雪尔和小伙伴在一起时,他还指导过她们自编自演纪念大革命的话剧。德马伊的妻子是一个很有修养的人,熟悉哲学、诗歌和音乐。米雪尔接受了他们的启蒙教育,从小喜欢诗歌,憎恨旧制度,对革命充满向往之情。

1844年至1849年,老德马伊夫妇先后亡故,据说米雪尔和她的母亲得到一小笔遗产。接着,老城堡被卖掉,新主人把她们赶了出去。这时,米雪尔已经长成,她不能不感到作为私生女的屈辱和痛苦。周围的青年开始关注她，纷纷向她求婚，但都为她所拒绝。她心高气傲，世界上只有一个男人令她膜拜，那就是写出小说《悲惨世界》的雨果。从1850年起，她以小说中主人公的名字安茹拉为笔名，和雨果通信，把写好的诗歌寄给他，向他吐露心事。她在一首写给根西岛的流放者的诗中这样写道：

  哦！你们已经饱经风霜！那就请你们向他长期受苦受难致敬！
  唉！唉！他的位子在我们中间空着，
  那就请你们上升到他的高度，为他哭泣，为他祈祷吧，
  放逐者，在雨果面前下跪吧！下跪吧！

她把雨果看作伟大的人道主义者、所有苦难的人们的引领者、守护者、朋友和亲人。在雨果那里，这个虔诚而善感的少女显然在寻找失去的父爱，寻找一个博大、宽容的世界。

米雪尔选择到省城肖蒙读书，在一所师范学校完成学业之后，成为教师。由于她不愿向第二帝国政府宣誓效忠，不能在公立学校任教，便回到离故乡不远的奥德隆古

尔开办了一所私立学校。在学校里，她公开谴责路易·波拿巴政权，宣传共和主义思想，撰写一些抨击第二帝国的诗文。因为一篇小品文，她曾经被当局传去问话。她利用课余时间从事社会的慈善活动，在她的积极参与下，居然成功地让本省的省长为穷人设立了一个慈善机构。

乡村教师的生活是清贫的。但是，梦想在感召着米雪尔，追求社会正义的激情时时给她以鼓舞。此间，她的思想尚带驳杂的颜色，柔弱，暧昧，游移；大约只有在革命的燠热的环境中，一个人才会迅速成熟起来，变得纯粹、彻底、明朗而坚定。

3

1856年底，米雪尔来到巴黎。

最先，她在一所女子寄宿学校任教，后来变卖了所有家产，在欧多街自办了一所学校。这时，她扩大了工作和社交的范围，在校内进一步完善她的教学法；在校外，坚持从事多年来所热爱的慈善事业，不因抛弃宗教而搁置，继续援助有需要的穷人、老人和病人。她创造性地把教学法用于那些在生理和心理存在疾患的人们身上，努力激励他们同不幸的命运作斗争。根据相关的实践，她写成小册子《阴影里的微光：不要白痴，也不要疯子》，于1861年出版。

巴黎是一个政治城市，也是一个英雄城市。大革命时期，这里到处都是俱乐部和各种各样的政治团体，每天都有集会、游行和演说；而今这里依然活跃，革命的幽灵又回来了。

到了巴黎以后，米雪尔异常兴奋，积极参加政治性集会，听共和派分子讲授各种课程。在这里，她深感自己的狭隘与无知，于是大量购书，疯狂地阅读。在达尔文的《物种起源》，贝尔纳的《实验医学研究导论》那里，她找到了质疑《教理问答书》的根据，以致最终抛弃对基督教的信仰。特维诺街的职业学校是她常去的地方，她发现了一个旨在捍卫男女教育平等的妇女权利团体，这个团体是由撰写《妇女与社会道德》的莱奥夫人、西蒙夫人以及富于自由思想的作家德莱梅建立。从此，她加入到女权主义者的队伍之中，撰文抨击一些轻视和压制妇女的媒体，唤起那些甘愿永远处于附从地位的妇女的觉悟，使她们从自囚的境地中解放出来。

在奥特费尔大街的夜校里，在俱乐部里，在集会上，米雪尔结识了一批共和派分子和具有革命思想的知识分子，其中就有一个年轻的国民自卫军战士，小她十三岁的布朗基主义者泰奥菲尔·费烈。这个自嘲为"小丑似的人物",个子矮小,一头黑发,脖子细长,声音尖锐。虽然其貌不扬,却以坚强的灵魂的力量深深吸引了米雪尔,成为她心中的恋人。在帝国的最后几年,米雪尔变得越来越激进。她对巴黎的政治派别未必有着充分的了解,也许她根本就不需要了解,因为对她来说,需要的只是行动。这时,她已经成长成为一个坚定的布朗基主义者和国际主义者了。

1870年1月12日,发生了拿破仑第三的堂兄弟比埃尔·波拿巴杀害记者维克多·诺瓦尔事件。在诺瓦尔的葬礼日,米雪尔穿起男人的服装,身上藏带一把从她的拉涅叔叔那里偷来的匕首,准备参加革命者的集体行动。由于泄露了消息,帝国方面纠集了所有力量来防范,结果没有起事。米雪尔同一批女公民一起,在诺瓦尔的墓前起誓,将一直坚持服丧,直到获得正义的一天。

这一年,米雪尔还参加了多次集体行动。在布朗基主义者于8月14日针对消防队发动一次冒险行动之后,她在两位友人的陪同下,为卷入行动中的那些受到指控的行动者收集签名,并向特胥将军请愿。随着法军在普法战争中战败,拿破仑三世被俘,普鲁士军队长驱直进,激愤的巴黎民众再次涌上街头,这时,米雪尔加入到民兵、革命者,尤其是第七区警备委员会的行列之中。她到市政厅要求发放武器,带领妇女们示威游行,结果被捕。从此,她有了一个"煽动者"的称号。在雨果出面干涉之下,她才免除了刑罚,获得释放。

但是,更大的考验还在后头。

她的真正的人生,是从巴黎公社诞生时开始的。

4

1870年。孤独的巴黎。

法军战败后,巴黎爆发了起义,在第二帝国的废墟上,法国宣布成立第三共和国。阿道夫·梯也尔成为第一届总统。1871年,新组成的国民议会仍为保皇派所把持,共和主义者拒绝在德国的苛刻条件下媾和,并且拒绝承认国民议会的权力。在普鲁士人进逼巴黎的时刻,是国民自卫军勇敢抵抗,并自发管理这座城市。梯也尔把国民自卫军视为大患,3月派军队解除其武装,被击退之后,随即将政府迁至凡尔赛。国民自卫军联合总部中央委员会动员人民举行民主选举,巴黎成立了新的权力机构——巴黎公社。

巴黎公社成了法国自由精神的象征。这个没有领导者的革命共同体,在短短的两个月里,迸发出一股难以估量的力量。革命的参与者、《1871年公社史》的作者费·利沙加勒形容说,这种精神力量,"像从沉船中抢救出的、拯救遇难的人们的指南针一样宝贵"。

在公社成立的当天,米雪尔表现得特别兴奋。历史学家米·维诺克在一本概述十九世纪法国公共知识界的书中叙述说,当费烈在第十八区的选举中获胜成为委员,在众人簇拥中身披绶带,在炮声中回应着他们的呼唤时,她满怀深情地注视着这一切。

此后,无论胜利或失败,米雪尔都带着一种战斗的激情去体验属于公社的每一个日子。对于公社在紧张而困厄中推行的系列改革,包括教育改革,她以切实的行动给予支持。在学校,她拟订了一种借助图片的数学法和一项公民教育计划,旨在学生中培养一种以履行公民义务为荣的思想意识。此外,她也希望通过开办职业学校和孤儿院来取代那些剥削妇女的宗教性的慈善缝纫工场。她以诗人的笔调这样描述她的社会乌托邦:"田野不再靠鲜血来肥沃,沾满污泥的街道不再为妓女所拥挤,由此,自由的人们才可以永远地为普遍的共和国欢呼。"

虽然她热爱教育,但是由于她深知公社有着最需要她的去处,很早就把学校的事务交给她的女学监和母亲玛丽亚娜管理，以便能够像男人一样，直接投入到对抗凡尔赛人的斗争中去。她心里一直悬挂着公社的命运，开始便认为，应当不失时机地进军凡尔赛。后来的事实证明，她是多么地富有远见。当公社致力于城内秩序的整顿时，她写道："同以往一样，过多地考虑合法性和普选权以及诸如此类的细节问题会使革命失败。"这种危机感，甚至使她萌生了去凡尔赛刺杀梯也尔的念头。不但费烈，连派到巴黎警察局的代表也坚决劝阻她，他们根本不相信她能够在不被人发现的情况下到达凡尔赛。然而，米雪尔是一个从来便相信自己的坚定而勇敢的人。她装扮成一位富商去了凡尔赛。第二天，她带回了能证实她此行的当地的报纸，并且还领着她从敌人阵营中临时招募的新战士一道归来。

梯也尔及其凡尔赛的人马在外敌面前显得软弱无力，却可以凭借疯狂的仇恨和残暴的手段对付巴黎的起义者，不惜发动内战。其实从公社成立的那一天起，他们对巴黎城区的袭击就从来没有停止过。

当梯也尔企图在3月17日至18日晚间夺取自卫军的大炮时，人们看见米雪尔正持枪大步走下蒙马特尔高地巡逻；不久，她又出现在高地，和其他妇女一起，站在大炮和士兵之间保护大炮。从4月开始，梯也尔加紧向巴黎反扑的军事行动。这时，米雪尔不停地在士兵和救护员之间变换角色。她后来回忆说:"在整个公社期间,我只在我可怜的妈妈身边过了一夜。"她站到了战斗最剧烈、最危险的地方。在第十七区区政府快要陷入包围的时候,公社委员马隆命令向蒙马特尔退却,只是把一个在米雪尔指挥下的,由二十五个妇女组成的支队调到那里去,终于使马隆和他的战友们从一个出口逃出了包围。

当米雪尔作为一个战士时,人们看见她挎着雷明顿枪,穿着国民自卫军的宽大制服,头戴军帽,和驻守在蒙马特尔的第61营一起行军前进,到达战争爆发的任何地方。在街垒四布、战火纷飞的时刻,她是那么地从容不迫,仿佛从来就生活在血与火中间。她在战火中品味着波德莱尔的诗歌,伴着隆隆炮声,她在讷伊的一个被废弃的新教教堂里弹奏管风琴。她的《回忆录》充满浪漫蒂克的情调,其中写道:在晨曦中,我们登上通往上布吕耶尔的克拉马尔的山坡,看着地平线上机关枪喷射出的火舌,在黑夜中突围,这难道不是英勇的举动吗?这一切都颇为不错。我所看到的一切让内心得到了满足,炮声让耳朵感到愉悦,是的,我是多么野蛮和残忍呵!我喜欢火药的味道,枪炮的连发,我尤其热衷于革命。……

革命环境中的诗意是残酷的。在战地,当米雪尔化身救护员和护士,辗转于一个又一个街垒时,她不能不深味战争的恐怖和生命的荒凉。然而，她能够以战士的献身精神抚平这一切，以诗人的人性的光辉照亮那许多痛苦的、惊恐的、渐渐暗淡下去的双眼。维诺克在他的书中写道："无产者的公社有其自己的女英雄：她的身心完全属于人民，这就是露易丝·米雪尔，十七区的一位女教师。她对孩子们亲切而有耐性，她是孩子们崇拜的对象，但是她在为人民事业的战斗中就变成了母狮子。她组织了一个妇女战地卫生队，队员们在敌人的炮火下照料伤员。在这方面，没有任何人能比得上她们。她们到医院去，把她们亲爱的同志从那些不友好的修女的冷酷的照料下挽救出来，并且用讲述共和国的情况和充满希望的温柔声调鼓舞濒死者重振精神。"

在当时，法国《号召报》就有文章指出："现在全世界正义的命运和巴黎的命运结合到一起了。妇女的合作是必要的。她们只要关心战斗，就能积极投入战斗。露易丝·米雪尔和其他许多妇女已经作出了榜样……即使是敢于攻击伟大的城市的渺小的历史家，在他的学究式的责难文章中也不得不加上一笔：'当时巴黎充满了争取自由、权利和正义的激昂情绪，妇女也和男人一起参加了战斗。'"

梯也尔在凡尔赛得到休整，5月，他集中军队进攻巴黎。公社社员据守街垒，奋起抗击，经过流血的一周，最后惨败。

在血腥镇压中，有二万人被枪杀，近四万人被逮捕，一万三千七百人被判刑，其中近百人被判死刑，七千五百人被流放。三千人死在监狱、平底船、要塞里，或者死于监禁期间染上的疾病中。据统计，至少有十一万一千个公社牺牲者。这就是一个共和国政府对3月18日革命进行报复的总结。

5

米雪尔参加了最后的几场巷战，完后走出血泊，开始逃亡。其间，母亲在家里遭到逮捕的消息阻断了她的去路。为了母亲的自由，她只好向当局自首。

最先，米雪尔被关进萨托里监狱。第一次审讯之后，她被转移到凡尔赛的尚蒂埃监狱。在那里，她给一位女友写信道："既然我全身心地献身革命，那么我就要接受一切，我既不害怕流放，也不畏惧死亡……"因为违反监狱的规定，不久又被转移到另一所监狱。在审讯中，她竭力地为母亲和女学监开脱罪责。尽管她是公社劳动委员会、战争受害者援助委员会、自由思想家协会、女权委员会和加里波第团的成员,但她否定这所有一切,只承认自己是一个救护人员。她无视审讯官的审问,声明她信仰的只是道德原则,并以此作为她所有行动的准则。她在《回忆录》中写道:"道德对我来说可以归结为:根据信念采取行动,根据正义来对待他人和自己。至于政治形式,我要求普遍的共和国。为了到达这个目标,我们应该发展各类高等学校,通过良好的教育来消除邪恶的本能,让人感受到个人的尊严,教育无论对于男人或女人都一样重要。总之,由巴黎公社所代表的这一为了所有人的全民政府,仍然期待着一次更大规模的实验。"

在监狱中,米雪尔通过一位布道神甫佛莱教士的帮助,同费烈建立了联系。她写信给费烈说:"我们的亲爱的代表,既然今天我们能够通信,那么,我信中的第一句话就是祝你幸运。你知道,在这耻辱的时刻,大家很高兴看到共和国的孩子们对得起这份事业……在谈到妇女的时候,我希望你能够承认处于危难之中以及死去的妇女的权利。"费烈在信中表示赴死的决心,正如他向法官所宣布的:"作为巴黎公社的成员,我已经落在征服者的手中。他们想要我的命,可以拿走。我不想用懦弱来挽救我的生命,我曾经自由地生活过,现在我打算死。我没有什么话可说的了。命运是无常的。我把我的未来交给我的记忆和仇恨。"

9月2日，费烈被判死刑。他拒绝上诉。

费烈的态度使米雪尔无比焦虑。她决定改变策略，不但袒露反叛者的身份，而且转移事实，极力把责任加于自己身上，以期减轻所爱的人的刑责。她写信给特赦委员会，急切地要让他们相信是她提出焦土政策，并在五月流血周期间处决了人质，等等。费烈反对她这样做，认为这些都是违背人性的罪行，并拒绝接受。她执意使用一切手段拯救费烈，通过佛莱教士写信给西蒙夫人，甚至是梯也尔本人，不断地向当局请求。在随后对她本人进行的审讯中，她承认了属于自己的所有的"罪行"。

12月10日，法庭内外都听到了米雪尔的声音。"处死我吧！我一刻也不想为自己辩护，我不接受辩护！"

她大声说："我身心都属于社会革命，并且愿意对我的一切行动负责。我要毫无保留地负起责任。你们指责我与杀死那两位将军的事有关系吗？当你们叫人向群众开枪的时候，假如我在蒙马特尔，我会肯定有关系的。我会毫不迟疑地亲自向发这种命令的人开枪。至于巴黎放火问题，告诉你们，我的确参加了。我想树起一道火墙阻止入侵的凡尔赛分子，我没有任何同犯，我的行动是自发的。"

检察长建议判她死刑。她说:"我只要求你们要像一个军事法庭的样子,做出像审我的法官的举止来,不要像特赦委员会那样躲躲闪闪。你们是军人,要在众目睽睽下审判,让我死在萨多利的原野上吧,我们许多战友已经牺牲在那里了。"

她继续说:"你们一定要除掉我。你们已经接到命令这样做!好吧,共和国的委员说得对。一颗为自由而跳动的心似乎仅仅有权利要求得到一粒铅弹,因此我也要求我的一份。你要是让我活着,那么我不会停止呼吁报复,而且要向杀害我那些战友的特赦委员会的凶手们报仇。"

庭长喝道:"我必须制止你发言。"

"我的话说完了。"米雪尔说,"如果你不是胆小鬼,你就杀死我吧。"

新闻媒体追踪了全过程。当天,露易丝·米雪尔的名字传奇般立刻传遍了全巴黎。几天后,雨果发表了一首献给她的诗,题目为拉丁文:"比男人伟大"——

> 你看见了大规模的屠杀,战争,
> 十字架上的人民,惨败的巴黎,
> 你的言辞充满了强烈的怜悯;
> 你做了狂热的伟大的灵魂所做的事;

当你不想再斗争,梦想和受苦的时候,
你说:"我杀了人!"因为你想死。
可畏的超群的你,你说谎话来欺骗自己。……
　　……………

面色惨白的法官感到你镇定的眼睛的重量,
你好像庄严的复仇女神。你在思索。
面色惨白的死神就站立在你的后面。
整个广大的法庭充满了恐怖……
　　…………

他们知道如果上帝问你:"你从何处来?"
你也许回答说:"我来自人类受苦的黑夜,
上帝,我反对你听造成的苦海!"
那些人,他们知道你神秘而温柔的诗句,
献给一切人的你的日夜,你的爱抚,你的泪,
你的忘我精神,
你的像使徒的言辞一样热烈的话;
那些人,他们知道你的没有火,没有空气,没有面包的家,
粗布床和松板桌子,
知道你的善良,你的作为人民妇女的骄傲,
蕴藏在你愤怒之下的酸苦的柔情,

> 你对一切不仁者的深长的仇恨，
> 和在你手中温暖了的孩子的小足……
> 女人，他们在你愤恨的尊严之前战栗，
> 而且，虽然你的唇间有苦痕，
> 虽然毁谤者向你大肆攻击，
> 借法律之名无礼叫骂，
> 虽然你悲痛地高声自首，
> 那些人，他们在梅杜斯外貌下看见了天使的辉煌……

12月16日，米雪尔被关押到一座筑有防御工事的监狱。过了十二天，她收到了费烈在被处决之前一个小时写的最后一封信："我亲爱的女公民，我很快就要离开所有爱我、关心我的人了……在这个时候，如果我不能表达对你的品质和好意的一切崇敬之情的话，那么我就是一个忘恩负义之徒。你会比我更幸福，你将会看到最光明的日子，我为之牺牲的理想一定会实现。再见了，我亲爱的女公民。紧握你的手，忠诚于你的泰奥菲尔·费烈，即日。"

费烈和另外两人一起被执行死刑。有记者描述说，费烈非常勇敢，"他身穿一身黑色的衣服，戴着一副夹鼻眼镜，嘴上叼着雪茄"。他拒绝在行刑时被蒙上双眼……米雪尔并不知道这些，但是她已经确切地知道，她从此再也见不到这位令她深情爱恋着的人了！

6

经过最后的审判，米雪尔被转移到了马恩省奥布里夫中央监狱，在那里一直关押到1873年，然后再被流放到法国远在太平洋上的殖民地新喀里多尼亚岛。

费烈之死，是米雪尔生命中最艰难的时刻。她曾经企图自杀。佛莱教士阻止了她，他劝导她，使她相信，费烈希望她继续活下去。

新喀里多尼亚岛气候炎热，流放犯的生活条件非常恶劣。米雪尔和其他九百多名难友被安置在杜科半岛上。这里监管很严，看守们肆意惩处犯人，死亡率很高。妇女经常遭到看守的辱骂，司令官在口令中也每每污辱她们，她们甚至没有衣服穿，以致不得不穿男子的衣服。然而，她们在困境中依样顽强，要求与男犯人一样待遇。当局曾经打算把米雪尔和另外一名女犯送到一个为释放的犯人预备的营地去，遭到她们的拒绝。她们不愿意在没有获得大赦之前先行享有免除刑罚的权利，于是声明，如果当局违法行事，她们就要跳海自杀。

当地的卡纳克人对来自法国的白人怀有敌意，而流放犯中也有不少人看不起土著居民。米雪尔深深感受到殖民地人民的痛苦，理解他们对殖民者的憎恨，她希望自己能够成为对他们有用的人。1878年7月，卡纳克人发动起义，反抗法国殖民者。米雪尔，这个天生的反抗者，不但同情和支持他们，而且直接加入到起义的队伍中去。她向起义者宣传公社的精神和业绩，把自己在公社期间用过的红围巾撕成小块分赠给他们；在持续三个月的斗争中，她和他们一起担受共同的命运。早在帝国时期，她就公开反对波拿巴三世的殖民战争，这时，经过公社的洗礼，国际主义思想有了新的升华。但是，这里的那些曾经参加巴黎公社斗争的难友们却大多支持法国殖民当局的镇压。这种分化和对立，在差不多一个世纪之后，通过阿尔及利亚独立问题再度凸显出来，可见人们要摆脱狭隘的民族主义的束缚是多么困难。

米雪尔在努美阿等待"完全而充分的大赦"。五年后，法律允许她在这个岛国的首都生活。她利用寄居当地的机会，重新开始从事小学教师的职业，教卡纳克人的孩子识字，为当地居民和流放者的孩子教授音乐课和美术课。此外，还收集卡纳克人的故事、传说和歌曲，努力设法出版。

在1879年的第一次大赦中,她没有获得赦免。大赦是不完全的。她和她的友人,包括雨果和一些正直的议员,都在为争取全面的大赦而斗争。她写信给克雷孟梭,表达了她对法国的厌恶之情,说:"你们想要竭力激发这具僵尸的激情,但是我相信,她业已完全腐败。"

1880年7月发布的大赦令,终于让米雪尔回到法国。

7

米雪尔归来的当天,巴黎的大街挤满了成千上万的群众。他们等候从迪普来的火车进站,争睹这位女流放犯的风采。警长提防局面失控,只允许二百人左右的队伍进入车站。站在队伍第一排的是克雷孟梭等革命者和知识分子。火车进站后,人们喧嚷着,喊口号,甚至唱起歌来。警察追逐、殴打并拘捕了一些示威者。米雪尔终于出现了。她看上去没有一丝英气,倒像一个因为耕作的折磨而过早衰老的农妇。全身上下简直黑乎乎的,唯有帽檐佩着的红石竹花,像一支点燃的火焰,显得特别耀眼。"露易丝·米雪尔万岁!""公社万岁!"人们簇拥着米雪尔乘坐的出租马车前进,据说因为拥挤,几乎发生交通事故。

巴黎的《大同报》评述说："多么拥挤的人群！多么巨大的欢呼！多么激烈的厮打！多么狂热的气氛！多么声嘶力竭！……露易丝·米雪尔得到'纵火者'的头衔仿佛是一个名誉称号。"

十天之后，不安分的米雪尔重又恢复了政治活动。她无愧于巴黎公社的女儿，一直以"1871年人"自居，即使公社已经沦亡，她的心仍然要回到那里去。在监狱中，她宣称："我们所有这些1871年人都善于迎接死亡，并且视死如归。"如今，她一样声明："巴黎公社将得到重建并将再度恢复它昨天在蒙马特尔高地的雄风……1871年人将前所未有地具有威慑力，绝不后退。"最先是在爱丽舍—蒙马特尔的一次悬挂着红黑相间的旗帜的聚会上，无政府主义报纸《既不要上帝也不要主人》的销售商受到人们的欢迎，热烈的气氛刺激了她，她随即号召进行革命。1881年1月4日布朗基去世，她站在他的墓前发表演说，发誓继续战斗。这时，她已经是一个坚定的无政府主义者，不知疲倦的革命宣传家。她的行动很快引起警方的注意，从此，不管她参加什么会议，都受到当局跟踪和监视。

红旗和黑旗在反对三色旗，普遍的激进的共和国在反对保守的共和国。米雪尔开始为无政府主义者创办的报纸《社会革命报》撰稿。在文字中，她反对普选制，认为这是政治圈套；对于资产阶级政体，她认为应当投弃权票。她崇拜俄国的虚无主义者，提出反对军国主义口号，猛烈抨击警察局长，鼓吹实际的有效的革命行动。

米雪尔信仰无政府主义，但是，也不反对基于自由和平等之上的其他主义，因此拒绝介入昔日公社战士之间的不同思想流派的斗争。她坚持认为，尽管彼此之间存在差异，只要各个政治团体都致力于推翻旧制度，建设一个没有压迫的人性的社会，就应当团结起来。作为一个女权主义者，当然不会忘却女权运动，正是抱着一种联合斗争的宗旨，她创建了"妇女联盟"。仿佛有释放不完的热量，她从一个集会跑向另一个集会，从一个城市跑向另一个城市，甚至从一个国家跑向另一个国家，到处宣传她的社会革命。她在"咖啡馆聚会"的战友、另一位革命者罗什福尔撰文支持她，赞美她，称她为"不妥协者"。

十九世纪八十年代，法国经济出现危机，银行倒闭，大批工人失业。1883年3月8日，细木工匠雇主联合会在巴黎发起一场大规模的示威活动。聚集在荣军院广场的示威者遭到警察的驱赶，这时，米雪尔跳上一只凳子，高声鼓动说："我们将和你们一起穿过整个巴黎要求工作和面包，社会主义万岁！"然后，她挥舞起一面黑色的旗帜，行进在游行队伍中。后来，队伍出现混乱，有人袭击面包店，销售圣器的商店也遭到了抢劫。警方对米雪尔发出逮捕令，罪证就是：聚众哄抢食品，并且破坏栅栏。她被判处了六年徒刑。

米雪尔没有服完刑期，三年后，她被总统赦免。离开监狱时，她56岁。就像从新喀里多尼亚流放地回来之后所做的一样，她继续写作通俗小说，介入现实生活，寄寓革命思想，其中有《时代的罪恶》、《人类的病菌》等等。其实，写作只是她作为行动者的生命中的一部分，她依然热衷于街上奔走，活跃在通往远远近近、大大小小的会场的道路上……

1905年1月10日，米雪尔在马赛去世。

她的遗体被运回巴黎。从里昂火车站到勒瓦洛瓦公墓，布满了为悼念她前来的人群。这是一场盛大的葬礼，也是一次盛大的集会。人们因她而聚集到一起，他们在深深的沉默中呼喊着她的名字……

米雪尔成了一个象征。

8

上世纪八十年代初，是一个春寒料峭的深夜，我写了两首诗，题为《献给巴黎公社的旗帜》。

第一首《墙》："广场上／旺多姆圆柱坍毁了／而墙兀立着。……"历史上的事实也许正相反，墙坍毁了而图腾柱依然兀立。记得写时，有一种悲悼的心情。

第二首就是为露易丝·米雪尔而写的。早在中学时代，我从一本印有巴黎公社社员墙的褐色封面的《巴黎公社诗选》中认识了米雪尔，十分崇拜。经历了文革十年，对米雪尔的景仰之情不曾稍减。全诗五十八行，最后一节是："你幻想，你斗争，一次次涅槃／如火中的凤凰／可是，一代人的翅膀已经萎落／我只能抬头凝望／远处那方旗帜一般飞扬的火红火红的围巾……"三十年前或许还残留着一点"青春的尾巴"的缘故罢，诗中多少有一种天真的热情的色彩，倘是现在重写，一定灰暗许多了。

2014年元旦后

穿过黑暗的那一道幽光

> 有些人的一生是堪作榜样的,有些人不;在堪作榜样的人之中总有一些会邀请我们去模仿他们,另一些则使我们保持一定距离来看待他们,并且包含某种厌恶、怜悯和尊敬。粗略地讲,这就是英雄与圣徒之间的区别。
>
> ——〔美〕苏姗·桑塔格
> 《西蒙娜·薇依》

薇依

1

宛如一道光束,投向黑暗深处,使周围的人类现形。这是一道幽光,因苍白而显得强烈。

自从有了酋长及各式权威的时候起,人类便在另一种意义上被创造了出来,并根据一个被确定的目标不断地加以改造。结果,离自然人愈来愈远。所谓自然人,那是人类的童年,单纯,幼稚,却保持了生物学意义的自由,最起码的自由。中世纪把对自由的剥夺制度化了。你以为巴别塔真的建造不了吗?一个信仰,一个意志,一个中心,众声嘈杂最后演绎为一种话语,这样的社会秩序不是巴别塔是什么呢?历史教科书肯定夸大了十八世纪法国启蒙思想家的功绩,他们虽然给神学以沉重的打击,把社会从迷妄中拖曳出来,却并没有解除对个体的精神禁锢。显然,巴别塔比巴士底狱更难摧毁。发端于意大利文艺复兴运动的人性解放的洪流刚刚涌动起来,到了启蒙时代,便为理性的闸门所节制,个人的本能、欲望、各种活跃的情绪,只好在漩涡中悄然沉没。进一步,退两步。从整体主义回到整体主义。那时,几乎只有卢梭一人向自然人的方向逃跑。即便是这样一个反思——不同于笛卡儿式的思——

的人物，你可以看到，他的背后仍然夹着一条理性主义的小尾巴。及至二十世纪，政党迅速成熟，意识形态急遽膨胀，无论是物质的人或是精神的人，都被高度组织化了。组织是不容玷污的，清洗异类当然要比宗教裁判所更具规模，也更为严厉。谁不知道古拉格和奥斯维辛呢？

这时，人意想成为自己已经变得不易，甚至是不可能的事了。不同的社会角色，一致把服从他者当作共同恪守的准则。譬如公民，你看众多雷同的面目，就知道那是一群复制品，模子就是法律；工人是操纵机器的机器，农民是驱赶牲灵的牲灵；政治家和革命家，其实也都是为权力原则所支配的人物。自古而今，角色定位大抵是由权力者和知识者进行的。知识者也是立法者。他们最喜欢标榜"价值中立"，实际上同权力者一直保持着暧昧的关系。总之，人被不同的角色分解了。表面上看来，人们都在根据自己的意愿行事，其实是根据角色所规定的范围行动，甚至将奴性内化为本能，行动着仅在于适合相应角色的定义而已。

不是人产生规范，而是规范产生人。于是，人类的每个分子变得彼此愈来愈相似，没有个人，只有人群。但是，你知道，人性中所有可珍贵的部分都是属于个人的：爱、同情心、自由意识、理想、信仰、尊严感，等等。在一个社会里，当自我成为必要的丧失时，价值世界便完全被颠倒过来了。崇高遭到鄙夷，卑贱变得高贵；同流合污是明智的，特立独行者是愚人；健全的被视为病态，畸形被当作完美。真与假，善与恶的限界消失了，连道德本身也成了可嘲笑的对象。人们习惯于生活在一个没有人的世界里，偶尔顾及历史的进步，还得看大人物的怀表。

人性的黑暗令人沮丧。

社会的进步，毕竟得依靠美好的人性去推动的。当你读了保罗·约翰逊的《知识分子》一类阴暗的书时，当会觉得纳闷：最优秀的知识分子尚且如此，人类还有拯救的希望吗？那么，读读薇依！你得相信：光就是光，光同黑暗一样实在，即使十分微弱，仍然暗示了未来变化的某种可能。读读薇依，读读这位圣洁者，你的眼睛想必会因她的照耀而明亮起来！

2

在巴黎，西蒙娜·薇依还做着小姑娘的时候，尖锐的个性和致命的自尊心就显露出来了。因为自觉天资平庸，不如哥哥安德鲁，她居然产生过寻死的念头。所以，你不明白：如此自爱的人，后来怎么会发疯般地爱起别人来，甚至让你觉得她只是因为爱别人而爱自己，——这种转变是怎么发生的？

有关的传记好像缺少了一个中间环节。但是，你可以推测到其中至少的两个原因：其一是女性，在薇依那里则是女儿性和母性。她没有妻性。女儿天生柔弱易感，且倾向于独立；母性博大温厚，是无限的给予。教师品性可以看作是母性的转移。妻性不同，代表的是依附性，封闭性，奴隶性；她终身未婚，在意识深处是否潜在着对妻性的逃避？这是可能的。还有一个原因来自她父亲。那是一位医生，医生的周围都是病人。所以不幸者的痛苦、恐惧、隐忍、期待与死亡，会影子一般地纠缠她。

不过，爱之于薇依是有选择的。你注意到没有，她一生有两个偏好，除了嗜烟之外，就是爱穷人、工人、农民、流浪汉、犯人，爱底层的人，没有文化或智力落后的人，弱势者和不幸者。她说过，"爱就是愿意分担不幸的被爱者的痛苦。"她把爱，连同沉重的苦难负担起来，并以此为幸福。这是一种命定的爱。她一生没有离开过他们。

法国大革命创造了"博爱"一词。薇依对弱势者和受压迫者的偏袒与维护，在形式上，明显违背博爱的原则，其实，正是她这种倾心于社会底层的态度，使她成为大革命的最忠实的儿女。她的朋友，教士梯蓬用"抗衡"的概念概括她的政治和社会活动观念：社会在何处失衡，她就在天平的轻的一端加上砝码，随时准备做战胜者营垒中的潜逃者。这样，她就永远地把自己同那些喜欢把诸如"宽容"、"公正"的大词挂在嘴边的机会主义者分开了。

自巴黎高师毕业以后，薇依被派往勒浦伊女中任教。在这个小城里，她，一位年轻出众的学衔获得者尽可以安娴地享用她的荣誉，何况，校园历来是宜于安顿哲学的。可是，工人的贫困很快地吸引了她的全部的注意力。

为了了解褴褛的一群，她可以同清洁工一起呆上整整一个小时，甚至对清洗技术也发生了兴趣。她尽量设法下矿井，挖土豆，干农活，让劳作深入体内，有时上课还穿着沾满泥巴的士兵鞋。从外表看，她是个忧郁的人，但内心是热烈的。她把自己所有的一切都奉献给了穷苦人。平时，她的房间是敞开的，为的是方便失业者前来吃饭。由于她分掉了大部分的薪俸，致使整个冬季，房间就像野地一样冰凉，连生炉子的钱也付不起了。

穷人是一个陷阱。你知道，薇依迟早要掉进去的。事实上，她到勒浦伊不久，就被碎石工场的失业者给拖累了。当然，这种霉头是自找的。她完全可以夹着书包，袖着手，优雅地站在道旁，目送他们穿过米什莱广场，然后消失于市政府。她没有这样做。相反，她不但参加进去，而且充当了他们的谈判代表和辩护律师。结果，工人胜利了，而她这名"假劳动者真政治煽动分子"，则遭到当局的监视和传媒的诋毁。由于无视当局的警告，她一度被抓进警察局，但是，合法的暴力并未曾阻止她同罢工工人在一起。最后，市长不得不亲自出面，强行把她调离这座城市。

对此，薇依没有任何沮丧的表示。她说："我一直把解职视为我生涯的正常结局。"应当说，她是有准备的。

爱的力量是伟大的。很难想象，薇依一生过着极其清苦的生活，目的是把薪金省下来分给别人；也很难想象，她那般绷紧般地思考，写作，还坚持从事繁重的体力劳动，直到全身乏力不能动弹为止。如果你没有读到她的笔记和书信，没有读到她的同事亲友的证词，你不会相信。二十五岁那年，她放弃了工作所能给予她的一切舒适，孤身来到一家公司，在雇佣合同上签字当一名非技术工人。从一开始，就眼痛，头痛，疲乏，受戏弄，挨训斥；想想吧，她需要作出多大的努力，才能使自己坚持下来。即使在这时，她仍然做着关于工厂改革的梦想。然而，劳动毕竟太单调太沉重了,有时,她干着干着不由得哭起来。在这样的环境中,她确信,真正的反抗是不可能的,甚至对处境的意识也会随之丧失;承受就是一切,任何思考都是痛苦的。生命如此暗淡,她仍然在这里呆足了四个月。次年,她又进入一家冶金工厂,然而情形更糟。车间的肮脏令人恶心,她别无选择,只好拼命赶制零件,从每小时400个做到后来的600个。她很快明白,这家工厂同样是"服苦役的工厂"。呆了一个月,她遭到解职。精神同物质一样,其硬度是有一定限度的,在超常的压力下很难避免断裂。失业之后,薇依因为经历了过分的劳作、饥饿、奴役而有过自杀的念头。她差点被一年的工厂生活压垮了。

  关于这段日子,她曾经回忆道:"我每日起身怀着不安,我带着恐惧去工厂,就像奴隶一样干活,午间休息是令人痛苦的时光……"在劳动生活中,她最看重的个人尊严感受到损伤,她感到了从来未曾经验过的奴役和屈辱;她发现,现存的社会秩序并不是建立在劳动者的苦难上,而是建立在他们的屈辱上。屈辱比苦难深重。但是,过分严酷的压迫并不会引起反抗,只能造成屈从。屈从是可怕的,那是奴隶的行为。

  薇依愈来愈关注精神问题,对于工人的不幸也如此。

在薇依看来，工人不是一个天然的集体或阶级，而是作为个人集成的存在，因此，精神在这里就不是一个集体意识问题，而永远带有一种肉体感，一种灵魂的震撼与颤栗。由于工会只是号召工人为改善经济状况而斗争，所以她认为工会是可耻的，不负责任的。为此，她还批评"第一个工农国家"苏联，说："当我想到布尔什维克的重要首脑宣称要创造自由的工人阶级，而他们之中从来无人涉足工厂大门，以致连决定工人受奴役抑或获得自由的现实条件的起码概念也没有——我便觉得政治酷似一种恶作剧的玩笑。"如果不和劳动者在一起，不亲自参加同样的劳动，就无法获得屈辱感。她认为，不懂得屈辱是无法理解自由的；那些号称代表了劳动者利益，并领导他们走向解放的成打的理论、纲领和文件，只能是一种奢谈。

结束工厂生活之后，薇依自觉身心均已碎裂。"耳闻目睹工厂中的不幸，扼杀了我的青年时代。"她总结道。其中，关于工人阶级不仅革命能力，而且纯粹的行动能力也几乎等于零的结论，就是这样不幸体验的产物。更可怕的是，不幸不但来源于老板的奴役，同时来自工人的不信任。她常常遭到他们的冷遇和反对，这对于一个深爱着他们的人来说，还有什么可以值得欣慰的呢？她深信工人仍然处于一种必然性的锁链之下，无由解脱；至于自己，则只能以无尽的精神负担和每日的努力挣扎为代价，一点一点地恢复个人尊严。她承认，她已经并且永远地打下了受奴役的烙印，正如古罗马人用烧红的烙铁在最卑贱的奴隶的额头上打下的烙印一样。

她把自己视同奴隶，如此一直到死。

3

对于知识分子来说，薇依走得太远了！

整个法国知识界忽略她，不谈论她，甚至不知道她的名字；等到热衷于讨论她的时候，她已经死去多年了。他们给她加戴许多光环，可是不知道这些光环只配镀亮供放在经院里的蜡像，而与富于思想活力的个体无关。她身上自有一种光辉，那是幽光，照耀的是底层，而非天界。

母校巴黎高师产生过不少著名人物，但似乎都没有同薇依有过什么交往，上流圈子的这层关系，看来很有可能是由她主动给掐断了的。传记保留了一个线索，是波伏瓦《回忆录》中的片断。这位比薇依大上一岁然而声名远播的女性，在忆及薇依的时候，坦露了内心的仰慕之情。这

在充满自大和矫饰的知识界中是极为难得的。波伏瓦这样说到她们之间的一次讨论:

> 她以果断的口吻说,当今世界上只有一件事最重要:革命,它将让所有的人有饭吃。我以同样专断的口气反驳道,问题不在于造就人的幸福,而是为人的生存找到某种意义。她以蔑视的神情打量了我一下,说:"我清楚,您从来没有挨过饿。"

很明显,波伏瓦的表述是概念的,哲学的,十分专业;而薇依的言说,则带有梦幻性质,但又是结结实实的物质主义的,体验的,富于人生实践的内容。薇依同一般知识分子的区别就在这里。她有理由看不起他们。

你注意到没有,知识界普遍存在着一种炫耀知识的倾向,仿佛一旦占有了知识就占有了一切,这是很可笑的。在这里,必须确立知识的价值论,确立知识与人的关系。一切知识都应当是为了人的,也就是为人生的,为改善人的生活和生命自身的。只有确立了这个基点,你才会承认知识可以是有用的,也可以是无用的;正如知识界讨论问题时,你发现有的是真命题,有的是伪命题一样。只有有用的知识可以通往真理。什么是真理?它是通过知识对生活的认知。人类认识的范围很广袤,但是对真理而言,生活只能是唯一的对象。生活之外无所谓真理。许多学者背向社会著述,自以为价值连城,实际上是伪币制造者。

薇依从少年时代开始,就坚定地认为,"生活中没有真理,毋宁死。"为了找寻真理,她不断扩展自己的知识领域。从文学到哲学,从政治经济学到神学,荷马、柏拉图、莎士比亚、笛卡儿、康德、马克思、克尔凯郭尔,都是她所熟悉的。但是,她从来不曾停留在既有的知识谱系上面。当她做中学教师的时候,就公然鼓动学生蔑视教科书,大胆想象,以怀疑作为治疗正统教育的唯一手段。真理到底是思考的产物。没有外在于个人的真理。因此,任何主义、学说和理论,如果不能化为个人的信仰,不能深入到个人的精神生活之中,就不可能构成真理。国家意识形态就是这样。真理永远处在发现的途中,在期待之中,正如薇依说的,"只有真理对于我们来说变得遥远不可及时,我们才热爱它。"薇依的苦行精神是感人的。追求真理,对她来说是一件痛苦无比的事情。她毕生活在自己内心的反复煎熬之中,不加入任何党派、教会和团体,不追随主流、权力和权威,不属于左派也不属于右派;为了达到专注于真理的高度可能性,宁肯担受孤独。她始终经历和承受着一种精神,同时也创造着一种精神,甚至体力劳动本身也能使她获得辉煌的精神性。除了精神性的东西,她一无所有,也一无所求。

知识界是什么样子呢?知识大腕以知识为资本,带头参与世界的掠夺、竞争和垄断;他们所要的并不是真理,而是地位和声名。即以现代知识分子的诞生地法国而言,在上个世纪便产生了大批的左翼和右翼分子;他们大抵是有着组织背景的,热衷于观念的冲突,但你数数看,单枪匹马地与灵魂一道作战的有多少呢?

知识分子固然不愿意栖居于孤寂的精神世界,但是,也不愿意走出书斋,自我放逐于社会底层。虽然,他们也同权力者一样,立了"民间"的名目,意图成为"代表",其实旨在控制大块非知识版图。薇依从来重视社会实践,真理的追随者必然通往社会实践,因此,她会主动地深入到底层中去,如她所说,"同他们打成一片,在良知所容许的最大范围内,成为他们中间的一员,融化在其中。"这颇有点像中国改造知识分子的流行话语。但是,不同的在于,薇依的行动不是奉命行事,这是她的天性,生命的基本需要,目的是真正地了解他们,热爱他们。她说:"在这世上,只有沦落到受屈辱的最底层,比讨乞还要卑下,不仅毫无社会地位,而且被看作失去了为人最起码的尊严——理智的人，实际上只有这样的人才有可能说真话，其余的人都在撒谎。"大约在她看来，整个知识界是一个闭眼不看现实的撒谎的团伙，因此竭尽努力，以使知识在自己的手里不至于成为一种不可容忍的特权。她是把她的大学、中学教师资格学衔考核所得的奖金也看作是特权的，所以用来购书，送给工人学习小组。她利用一切机会，帮助穷人和他们的孩子读书。在工人文化教育方面，她指出：必须提防以"加强知识分子对工人控制"为目标的政策，相反，应当设法使工人摆脱这种控制。在参加工会的活动中，她号召全体劳工说：准备占有"先辈的全部遗产"，尤其是"人类文化的遗产"，这种占有就是革命本身！

今天看来，薇依说的这些简直近于痴人说梦。革命绕道而行。但是，你不会不感受到，一颗灵魂，当它因爱和热情而鼓荡起来时是多么的强壮有力！

一支火焰，当它找不到别的燃料时不会燃烧太久；一道光，当它穿过太浓密的黑暗时，反而被黑暗吞噬了。

你看见了什么呢？在薇依那里有两个空间，比我们多出一个空间。她一面走向自己的内心，一面走向沉默的大多数，而不像别的知识分子那样拥有独立的知识空间。在世时，她只在有限的几个杂志发表文章，大部分著作都是在身后陆续出版的。她不在乎这些，不在乎知识界的反应，在她那里甚至根本就没有知识界。她写了那么多，只是倾诉，呼告，两个空间一样是茫茫旷野，她不期待回声。

4

如果把女性同革命联系起来多少有点不大协调的话，那么把疾病缠身羸弱不堪的薇依同革命联系起来，则简直可以说得上几分荒诞。然而，她确实对革命有过强烈的向往，而且多次参与过实际斗争，比如散发民主共产主义小组的传单，开设马克思主义讲座，参加知识分子反法西斯保持警惕委员会的各种会议，积极营救集中营中的社会主义工人党的活动分子，作为志愿人员奔赴西班牙战场，等等，表现相当激进。尤其是对革命运动的批判性意见，那么锋锐而准确，直逼问题的核心。三十年代初，许多老练的革命家仍然普遍处在盲从的状态，而一个二十来岁的姑娘，仅凭个人的颖悟，便到达了这样一个认识的高度，你不能不承认她是一个早熟的思想天才。

但是，你必须懂得看薇依。一个独特的人必须用独特的眼光去看。同一个薇依,是一个分裂的薇依,背反的薇依,对立的薇依。她的思想,并不在一个稳定的、完满的、光洁无比的容器里。一个自由无羁的灵魂没有容器。你必须找到那些分裂的东西,那许多碎片,只有在拼凑的断裂处才能辨认其中的真实。

革命需要主义,政党,范式,你看薇依把这些都给否定掉了,然而她仍然留在激情的风暴里,奇怪不奇怪呢?

薇依是一个真正的解构主义者。对社会偶像的厌恶,致使她对其他一切集权主义性质的形式都变得厌恶起来。早在大学时,她就十分钦佩马克思,思想基本倾向于马克思主义,但是因为敏感于其中的救世主义,而终至于持批判的态度。她说:"马克思从青年时代起就被一种弥赛亚的希望观念迷住了,这种观念使他以为自己会在人的族类的拯救中起决定性的作用。这样一来,他的思考能力整个说来就不再让人放心了。"在一篇关于《马克思生平》的评论中,她指出:如果不是把唯物主义看成为一种方法,而是某种足以涵盖和解析一切事物的学说时,它是荒谬的,必然导致人文主义的末日。她质疑政府的合法性,并多次呼吁取消政党,包括反对党。她说,真理是一个整体,不幸的是各个政党把它分割开来,据为己有,并使之成为冲突的目标。从哲学出发，然后导入政治学，这方法就很独特。她说，真理愈是成为特殊物，愈能激发热情，从而丧失判断力。政党正是这样一部激发集体激情的机器。对内，它是对其成员中的每一个人的思想施加集体压力而构成的组织；对外，它的首要目的，也是唯一的目的，则是无止境的扩张。所以，政党是一种带有集权倾向的单位。她认为现代政党的前身是中世纪的教会，每个政党是一个小教会，培植奴性，排斥异己，制造纷争。对于政党对公众生活的控制，她特别反感，以为是最有害的。二战中，"战斗的法兰西运动"曾经给她带来鼓舞，后来她激流勇退，其中一个原因就是目睹了这时行将消失的政党重新抬头。她指责说，戴高乐意欲通过运动攫取政权，牺牲最初的爱国激情的纯洁性，因此必须与之决裂。

在工人运动中，薇依还发现，无产阶级民主是怎样从被隐蔽的侵犯走向公开的践踏的。事实上，工会的领导机构正在建立行政专政的制度来取代它。她积极主张在工人运动内部实行公开化，指出工人运动已整个地被幻想和谎言所支配；她说她在这种双眼被蒙着的革命运动中只能感到窒息。但是，她又表示说："我现在认为，同党的任何妥协，在批评中的任何缄默都是有罪的。"当她从工人那里转过身来面对他们的庞大的组织时，你看到，她变得那么坚决和勇猛！她批评统一总工会的附庸性，德国工人组织的被动性，再三指出希特勒主义和斯大林主义之间的某种相似性，说："共产党的宣传，通过会议的组织，惯用套话，仪式化的行动，越来越像宗教宣传，把革命渲染成为神话。而这种神话，也像其他神话一样，只能以承受无法容忍的境遇告终。"对于当时唯一的共产主义意识形态国家苏联，她宣称，它已不再是无产者的祖国，并特别警告说，要"避免把革命运动置于俄国官僚主义的控制之下"。

对待苏联的态度，在当时，可以说是左翼和右翼的分水岭。薇依对苏联的批判，结论是近于右翼的，立场却是左翼的，虽然在实际上她与任何政治派别无关。作家纪德在1936年出版《从苏联归来》，引发轩然大波，正在于他身在左翼的营垒里说了右翼的话。其实薇依的系列文章如《我们走向无产阶级革命？》等，火力比纪德的小册子厉害得多，发表时间也早得多，只是人微言轻，没有引起注意罢了。知识界同政治界一样的势利，这从薇依的思想命运那里是同样可以感受得到的。

在薇依那里，苏联是一个由暴力和政治组成的联合体，她不信任建立了国家专政以后可以使劳动者获得解放。不管变换了怎样的名目，"法西斯"也罢，"民主"

或"无产阶级专政"也罢，只要仍是一架行政的、警察的和军事的机器，就有可能成为敌人。她指出，苏联捍卫的根本不是世界无产阶级的利益，而是自己的国家利益，它甚至毫无忌惮地同资产阶级联合起来对付工人。在《劳动者的国际祖国》一文中，她预言，纳粹德国和苏联之间的合作，有一天会签订互不侵犯条约。六年以后，苏德互不侵犯条约果然签订了！而且其中还附上瓜分东欧国家的秘密协议书！天哪！除了神巫，谁曾经作过如此灵验的预见呢？政治阴谋严严实实地掩盖了几十年，直到苏联政体崩溃之后，才暴露在天真善良的世人面前。多少万战争的亡灵，仅仅因为一个魔鬼的契约而远隔尘寰，哀泣无告！

没有办法，薇依是一个人。她说她是卡珊德拉。

苏联历史上的许多灾难性后果，是否应当完全归罪于斯大林呢？作为领袖人物，的确难辞其咎，就像薇依曾经指出的那样："革命不可能，因为革命的领袖无能；革命违反愿望，因为他们是叛徒。"但是，她始终认为制度是根本的。在分析斯大林国家的机制时，她一再指出"反对派"托洛茨基反对的只是斯大林本人，而不是斯大林所建立的制度；为此，特别引用了笛卡儿的话："一架出故障的钟对于钟的法则来说并不是例外情况，而是服从于自身法则的不同机制而已。"她说，革命本来就是反抗社会的非正义，但是对于革命后的工人个体而言，正义不久就变成了"工人帝国主义"，形成对工人阶级，正如对全人类，对人类生活多个方面实行无限制的统治。此时，所谓工人阶级的领导权在哪里呢？在公职人员手里，在官僚手里，总之不在工人和劳动者手里。这是一种新型的官僚机器。扼杀一切个人价值即一切真正价值的国家宗教，并非资本主义制度所固有；像真假社会主义这样的争论，在薇依看来应当是没有意义的。

那么，如何才不致于变成社会的奴隶？这是薇依参加工人运动以后一直思考的问题。她多次提到"无产阶级专政"的概念，指出这个概念容易被利用，将工人运动引入歧途。即以苏联为例，"全体俄国人民，即组成俄国民族的每一个个人，都为所谓的集体利益而正当地被牺牲了，而这种所谓的集体利益是以国家官僚主义为代表的。"把大量无辜的牺牲视为正常，无视一切人类价值，到底这是革命的结果，还是革命的始因？薇依反复揭示这种现代的压迫，但是结论是悲观主义的：像在苏联这样一部不仅拥有生产和交换手段，而且掌握警察和军队的国家机器面前，个人很难有希望在革命中获救；但是悖论恰恰是，革命惟有通过个人才有所希望！

薇依的革命观根植于爱，是爱与西方人文主义传统的结合，产生了她的人道主义和无政府主义。所以，她批评马克思、罗伯斯庇尔、热月党人是那般严厉，否定斯大林和苏联是那般彻底。她的关于革命与个人关系的人性叙述，曾经一度在运动中引起反响，不少人把她比作罗莎·卢森堡。列宁称卢森堡这只鹰有时飞得像鸡一样低，其中意指的，就包含了"温情主义"的内容。薇依从劳动的必然性出发看待革命，认为革命无从消除社会奴役的因素，多少有取消主义的倾向。因此，她的言论不能不遭到革命运动内部的普遍的责难。连当时被斯大林置于死地的托洛茨基，也用讥讽的语言，批评她的"用廉价的无政府主义激情重新翻制的自由主义论调"，是"最反动的小资产阶级偏见"。大约革命本身先天地带有过左的偏向，革命成功以后，无论是托洛茨基或是斯大林执掌政权，像薇依这类人物都将会以右倾的罪名首先遭到清洗。好在她本人所在的国家，在大革命之后，不再发生过一次像样的血腥的革命；至于过早去世，或许也不能不说是一种幸运罢。

又经几番潮起潮落，五月风暴之后，在法国以致整个西欧，右翼势力开始逐渐代替左翼自三十年代以来的主流地位。革命普遍遭到诅咒。东方的学者也跟着摇起"告别革命"的小旗子。事实与价值遭到流行公式的颠覆。倘若你读到薇依的关于"革命是一种逃避手段","革命的希望是鸦片,是一种麻醉剂"一样的话,很可能会把她当作反革命的先驱人物。珍珠与鱼目总是混杂到一起,这不能不说是历史的悲哀。

其实,薇依始终未曾弃置革命的精神,哪怕在心力交瘁的时候。对她来说,革命就是抗衡,难道你没有发现,她正是以由来的革命精神否定革命的吗?而那些号称反激进主义的人们,他们否定革命,唯在扼杀革命精神而已。

5

薇依一直顽强地寻找自己。所谓寻找,在某种意义上说,其实是返回原点。然而,她不是向前走,而是朝相反的方向走,结果不断地撕裂自己,使之成为碎片。她只能成为碎片。

譬如她爱,爱使她成为一个和平主义者。可是,当她获悉希特勒入侵布拉格的消息时,便变得不那么和平了。她把投入反对希特勒的斗争当作新的使命。不过,这种转变对她来说是不彻底的。她几乎一直在非暴力与暴力之间摇摆。如果战争非打不可，也就是说，即使出于正当的理由使用暴力，她仍然认为是危险的和卑劣的。至于非暴力，只要有效，便应当在道义上承认它和支持它。她把爱作为一种精神价值进行体认，确信暴力的使用，足以使它荡然无存。人类一旦失去了精神价值，她问：除了卑劣的人，有谁还会去操心政治呢！

当薇依在战争中进入角色，孤绝的气质，随即驱使她投身于暴力行动。在布拉格的学生起义遭到德国人的残酷镇压之后，她同时提出两个行动计划，但都与她个人有关：其一是"在捷克斯洛伐克空投部队和武器的计划"，起草计划的目的，是为了发动布拉格居民反对占领军，解放俘虏。她向社会各界人士进行宣传，并发誓说：如果实施该计划而不让她参加，她将躺到公共汽车轮下自尽！其二，是组建一支活动在火线上的女护士队伍，当然也一定得让她成为其中的一员。结果，两个计划都没有被采纳。她对此一直耿耿于怀，日后仍然极力寻找机会，奔赴原计划中的慷慨赴死的目标。显然，她试图努力挣脱一种矛盾的处境而终于无法挣脱。

西班牙内战时，薇依面临过同样两难的选择。她不喜欢战争，但是身处巴黎这种近于后方的人们的状态使她更感厌恶。她坐不住了，决定前往西班牙。由于到佛朗哥占领区去的请求没有得到批准,她便带着巴黎工会组织发给她的记者证,为全国劳动联合会的无政府工会活动分子服务。在战争中,她亲眼看见,红色民兵同法西斯分子一样轻易地杀人,仿佛全然不知道被杀者是有生命似的。梦境被粉碎了。西班牙的罪恶,加深了她在工厂劳动中的受奴役的体验。在人的价值被确立为最高价值,并以此修改她的政治地图的过程中,为战争所展开,为生命所洞见的现实图景对她来说是意义重大的。地图的每个局部未必因此变得更为精确,甚至有可能大大变形;可是,这一切无关紧要,重要的是作为一个整体,其呈示的方位和关系是确当的。你知道,科学的谬误,可以因人性的正确而自行纠正过来。

薇依的政治地图是复杂的。她不断修改。她的地图并没有提供一个类似教科书一样固定的答案,从表面上看来,它是游移的,互否的,实际上,庄严的命意正包含在这种变动之中。

除了战争,阶级斗争也如此。

你看薇依的定义:"当社会权力机制造成处在社会底层的人的尊严彻底破灭时,这就是一场屈从者反对发号施令者的永久性斗争。"又是人的尊严问题。很明显,这就偏离了正统的阶级斗争观念了。在她看来，阶级斗争确实有其内在的根据，正如赫拉克利特说的，斗争是生存的条件；但是当它发展成为一种斗争学说时，却蜕变成为某种荒谬的东西，空洞的实体，具体的苦难和抗争被抽象化了。她特别指出，阶级斗争贯穿历史的全部荒谬性，根源在于权力的性质。这个结论是政治学的，也是人类学的。她痛恨权力。

大约在薇依那里，权力总是意味着奴役，因此，她会因所谓"主权"问题而改写"祖国"、"民族"的概念。她说："国家是一种冷酷而无法让人爱的东西；它残杀并取消所有一切可能成为被爱的东西；因此，人们被迫爱它，是因为只有它。这就是当代人在精神上所受的折磨。"她极力反对国家崇拜，指出它以祖国的名义，索求绝对的忠诚，全部的奉献，最大的牺牲，事实上是一种根本无爱可言的偶像崇拜。当人们大谈祖国时，就很少谈及正义；一旦祖国背后有国家，正义便在远方。她一再说："祖国是不够的。"在定义人的时候，她也总是喜欢使用如下公式，即："人，世界的公民。"这里说个故事。她曾经在课堂上向中学生说起著名的"诺曼底号"邮船，提问道："这条船的代价可以造出多少工人住宅？"学生听了很反感，立即反驳说，这条船以它的规模和豪华提高了祖国在国外的威望。这堂课肯定讲不下去了。所谓祖国的威望算什么呢！然而，她遭到了抵制。对于"民族"这个词，她同样不抱好感，认为作为一个概念应当取消。经历过西班牙内战的人，唯有她知道这个词以及由它组成的各种词组的含义，那就是：死亡和眼泪。

"这块土地/可耻地征服了自身。"她曾经引用古西班牙诗句，说君主如何整体地消化了被征服者，把他们连根拔起；而革命，同样把对王冠俯首称臣的人民锻炼成为一个整体。这一切，都是在民族主权至上的陶醉中进行的。她指责百科全书派的成员是被拔根的知识分子，正在于对民族进步的整体性追求，致使人们在他们的影响之下不作任何思考，便全盘接受了这一革命传统。于是，爱国主义的轱辘自然向着国家的方向滚过去了。

身为法国人，薇依如何看待法国呢？不用说，她会反对法国的殖民主义政策，所以反对对摩洛哥的占领，以及镇压阿尔及利亚的恐怖行为。只要有机会，她便设法接触居住在宗主国的土著人。这些人被召募前来法国，不但找不到活干，而且还被关进集中营。薇依反复使用"可悲"的字眼形容他们的处境。为了让他们过上多少有点像人样的生活，她到处活动，到处碰壁，仍坚持要求撤换主管集中营的行政长官。至于集中营中的其他一些国家的难民，她一样设法援助。她愿意为他们做许多琐屑的事情，像给一名西班牙人寄包裹，同一名奥地利农民通信，为帮助一名从集中营获释的奥地利律师，还不只一次到美国领事馆交涉，直到取得签证为止。对于德国的侵略，她是主张抵抗的，同时又有着不近情理的表示，说："如果我们必须对德国人做那些他们曾施加我们的事情的话，宁可成为战败者。"就像苛求于自己一样，对自己国家的要求尤为苛酷，她说得明明白白："我的国家使别的战败民族蒙受的屈辱，比我的祖国可能遭受的屈辱更使我感到痛苦。"

但是，当巴黎的街舍在德国炸弹的咆哮声中呻吟的时候，祖国不再是一种虚构；在它的背后，飞腾的战火行将焚化国家崇拜以及一切偶像，唯余一片焦土。祖国成了苦难的象征。正是苦难，把一个从来无视祖国存在的人抛入了它的大地怀抱。

老实说，身为犹太人，薇依并没有感觉到任何危险，倒是一个中产阶级家庭的舒适生活使她无法适应，但是此刻，最不堪忍受的是，她在卫国战争中起不了任何作用，因此，不能不随同父母离开卡桑布兰卡流亡美国。这是一个迂回行动计划。她打算经美国、英国前往敌占区，她想，那里必定有着与她的自我牺牲的决心相称的任务交给她,而她,又可以因此同不幸的人们重新生活在一起了。

最先,薇依乘船到达纽约。

刚刚驻足异地,一切都来不及安顿,她便把组建火线救护队的计划译成英文送给罗斯福总统,极力为妇女上前线做辩解,并马上报名学习救援伤员的教程。然而,有关组织并没有派给她什么任务。她简直变得无所事事了。

如果说在马赛,还可以上街散发《基督教评词》杂志,还曾因此有过同自己的国家一起经受战争苦难的快慰,那么在此刻,唯有一种做逃兵的耻辱感。当薇依得知高师时的同学舒曼在伦敦负责同法国抵抗组织的联络工作,内心的感奋可想而知。于是,她随即写信求助,希望到了英国,能够交给她一项在敌占区进行的并不要求专门技术知识,却具有高度危险性和有效性的任务。她在信中写道:

> 鉴于我的精神构成,艰难与危险是必然的事。很幸运,并非人人如此,不然,任何有组织的行动将是不可能的,但是,我无法改变这种精神构成;我从长期经验中得知这一点,尘世间的不幸萦绕在我脑中,重压着我,以至使我失去自己的官能,而我只有自己经受巨大的危险和痛苦才可能恢复它们,并从这种萦

绕着我的念头中解脱出来……

我恳求你，如果您能办到的话，请给予我许多的苦难和必要的危险，使我不被忧伤彻底耗尽精力。我无法在现在的处境中生活。这使我近于绝望。

在纽约逗留了四个月之后，这位充满内在激情的法国女子终于到了伦敦。但是，她很快发现，动身前做好的"小计划"已告破灭。

接待的人，包括舒曼，全都避谈她要求派往法国敌占区及组建火线女救护队的事。在他们的眼中，一个自由散漫的，近视的，行动笨拙的知识分子，在战时还能做些什么呢？结果，她做了"编辑"，被调到法兰西行动委员会工作。

在办公大楼，薇依不停地读，写，桌面上堆满了纸张。她的任务是：研究从法国秘密寄来的由抵抗运动属下的委员会起草的各种计划，参与寻求战后法国将要面临的各种问题的答案。思想的嗜好与献身的热忱，使她进入一种近于激战的状态，常常忘记下班时间；当来不及乘坐末班地铁返回寓所时，就睡在办公桌上。在此期间，她写下收入《伦敦论文集》、《压迫与自由》、《扎根》等文集中的大量文字。针对法国战后如何建设的问题，她提出正义、思想独立和产业权等要求，声明"集权国家"是"最严重的恶"，突出人的价值在国家未来政策中的地位，表现了她的远见。

然而，写作的亢奋无法淹没内心的孤独、疑虑和忧伤。薇依自觉身处自己的位置之外的痛苦愈来愈厉害，不久，即重新提起过去为自由法兰西效力的计划。她坚持让组织领导人给她一项去法兰西从事破坏活动的任务，说是不能再吃英国人的面包而置身局外了。"就我个人来说，生命别无其他意义，说到底从不曾有其他意义，除了期待真理。"她表示说，"甚至当我还是孩子时，当我自认为是无神论者的唯物主义者时，我就一直担心会错过死，而不是生。"

组织到底没有满足她的请求。而事实上，她的身体已经不堪一击。她太虚弱了。

有一天，她终于昏倒在卧室的地板上。

医院的粉色围墙阻绝了淡蓝色的、美丽而深邃的天空。在异国，凝望远方是一种慰藉，也是一种焦虑，一种忧伤。春天寂寥而漫长。

此时的薇依，已是一支不堪风雨的帕斯卡式的苇草了。过去，她长期将薪金分散给穷人，到了伦敦，连该领的薪金也拒绝领取。平时，她吃得很少，说自己无权比留在法国的同胞们吃得更多。当她同梯蓬一家人同桌进餐时，拒绝接受城里人缺乏的食品，要她吃一个蛋也不容易，有时仅仅吃一些沿途采摘的桑葚充饥。上司克洛松和夫人请她吃饭，她不吃饭后的苹果，就因为法国儿童吃不上苹果。她到一位寡妇家里去，遇上严寒的天气也不让生火，不要任何食品。直到住进医院，她仍然拒绝享受作为结核病人的额外伙食补助。精神的渴求令她拒绝物质。一路拒绝。

本来，她并不承认维希政府的合法性，但是，她表示说，"在不涉及意识领域的方面，可以服从现政权；若我听命在政治和思想方面的指令，我会玷污自己的灵魂。但是，在配给制方面，遵守它的指令，我至多是饿死而已，而这并非罪过。"所以，她把超出法国国内按配给票证规定的食品数量的消费看作是一种"特权"，即使作为一名重病人，也不能享受这种特权。你觉得可笑吧？如果这也算特权，像苏联一类国家的官僚阶层所享受的一切，应当用什么语词才能做出恰当的说明呢？仅仅为了维护这点可怜的特权，她只能变得越来越虚弱，直到提前死去。死后，法医作出结论，说是"由于营养不良和肺结核引起的心肌衰弱导致心力衰竭"。报界直接说她饥饿至死，甚至有评论说，她原来拒绝食品便带有自杀的意向。

对于薇依，我们能说些什么呢？从她那里，你见到了一个残酷的生命现象：剥夺自身。你知道，这是需要力量的。她太看重精神了。其实，物质一样是强大的。她可以战胜各种压力和诱惑，但是，就是无法克服生命物质的匮乏。这样，她，一个在理论上否弃了祖国的人，最后只好遭到命运的否弃，而永远留在异国的穷人的墓地里了。

如果能够选择，这个归宿肯定不是薇依所愿意接受的。事实上，她一直渴望返回法国。在医院里，有一天她突然向克洛松夫人问道："您认为我会康复吗？能回法国吗？"后来她希望转地治疗，接纳她的疗养院远离自由法兰西部队的所在地，这使她深感遗憾，因为直到那时，她仍然觉得只要靠近部队所在地，就有返回法国的希望。然而，法国是再也见不到了。直到遗体安葬时，坟地里摆放的一束三色鲜花，才重现了受难的法兰西。

6

薇依，在内心深处爱着她所在的世界：众多的人们，事物，一切的善，真理，正义，正当性，合理的秩序，等等；然而，一切都在压迫她，撕裂她，粉碎她。与其说，这是人生的不幸,不如说是信仰的失败。严格地说,她是没有什么人生的,因为斗争生活与普通生活相距实在太远了。这样一个从来不曾追求过世俗幸福的人,可以说,她的全部生活都是精神的投影,正如柏拉图在洞穴里所见的;不同的是,在她那里不是一般的理念,其中保持了智性的绝对正直,而且饱含着献身的道德激情。事实上,她所爱的一切是不可靠的,以致为了爱而牺牲自己也变得不可能。为此,她必须找到一个超乎尘世的对象,寄托至爱,安妥动荡的痛苦的灵魂。

皈依上帝是必然的事情。

可是,薇依的上帝并非基督徒的上帝,万能的上帝,不是说有光就有了光。相反,她的上帝是弱者,有时又解释为虚无,因为它的存在是缺乏证据的。在她的心中,上帝从来不是一个实体,只是一种精神,一种关怀和拯救弱者的精神。"凡是不幸者被爱之处,上帝总在。"作为精神象征,她的上帝是遥远不可及的。她认为,只有远离上帝,才能接近上帝;上帝所能给予的信心、力量和勇气,惟在永远的期待之中。

"我觉得我自己生来就是基督徒,"薇依说。可是,她从来不愿与那些膜拜上帝的信徒为伍,不曾感到有信教的必要，认为无需选择某一种教义，不曾做过祷告，也不受洗。一位神父把她比作一座召唤人们入会的钟，而她本人并不加入教会。她表白说："我的天职是作一个教会外的基督徒。"就这样，她确立了适合于自己的与上帝的一种特殊关系，长期站在基督教和一切非基督教之间的地方。

教会有着宗教裁判所的罪恶历史。所以，对于教会，薇依不但说不上喜欢，而且简直憎恶。在她看来，教会是垄断的，强制的，集体的，带有极权主义性质。"不管谁入教，天主教会始终热情接纳。然而，"她说，"我不愿被这样一个地方接纳，堕入'我们'的圈内并成为'我们'中的一分子，不愿置身随便什么样的人际环境中。"她特别强调说，"不应当成为'我'，但更不应成为'我们'。"的确，她不只一次说过需要同她所接触的任何环境打成一片，消融于其中，可是事实上，所谓消融，并非意味着成为整体的一部分，而只是意味着不属于其中的任何一方。因此，她坚持说："我必须或命定要成为孤身一人，对任何人际环境来说，我都是局外人，游离在外。"整个社会都可以看作是扩大了的教会，权力中心化及一致化倾向，使群体中的单个人要成为自己变得极其艰难。就说薇依，她不是那种美国式的个人主义者，而是法国式的存在主义者,行动时始终离不开对境遇的质询。可是说到底,她也不是完全的存在主义者,从一开始就忽略了自身的存在。如果说,她也曾为自己考虑过的话,那只是作为个体的精神存在,而不是生命的存在。也就是说,她考虑的只是如何保持自己的独立方式以耗损生命。热爱他人已经使她从根本上丧失了选择的自由。

薇依说:"上帝允许我在他以外存在。"接着,她做了重要的补充,就是:"由我决定拒绝这种准许。"拒绝在上帝之外存在是一种屈辱,你说,她是一个虔诚的基督徒吗?无论是把爱他人当作爱上帝的首要形式,还是把自己的选择——包括选择必然性也即不自由——看得高于上帝的意志,她的上帝都不是基督徒的上帝。这样,她站在教会门槛的这边或者那边有什么不同呢?

关于教义,正如任何主义一样,如果被限于某一种,完全垄断了对于世界的解释权,薇依肯定不能接受。在她的哲学世界里,明显地是多元主义的,充满多种猜想、反驳与悖论。她声称,在接受基督教教义的同时,也接受其他教义,其实等于什么也没有接受。至于说她自己不配参与圣事,是因为在她看来,只有那些高于某种精神层次的人才具备参与的资格,而她本人则在这个层次之下。在真理面前,她是谦卑的。不过,这也可能是一种托词。你知道，她注重的是本质；在她那里，内在信念远大于教义，大于其他一切形式。在庞大的教会的宗教团体面前，她那么高傲，她要保持的首先是自我的神圣性。

是精神占据了薇依，使她的灵魂高涨如无垠的大海。宗教仅是其中的一片沉静的波涛。关于涤罪的无神论，关于暴力、战争、奴役的批判，关于科学和艺术，关于社会改革，都有着浪花激射的思想，来源于另一片海域，另一种精神。

对于马克思的批评，纯然是精神本体论的。她承认马克思有双重思想，指出他确立把社会作为人的实在这一基本原则是一个贡献，但是不幸地引入了一种机械的和非人的体系；根据这个体系，社会结构的力量对比完全决定了人的命运，不但没有给正义留下任何希望，反而歪曲了原来的原则。在她看来，这是当时可悲的科学主义的表现。她认为，在马克思的世界里，没有善的位置，不承认超自然，不承认寓于个体的精神，以致于把物质当成为善的唯一物质基础。你也许会说，这未免太过份了。但是，就像你看到的，精神在薇依那里确实占有崇高的位置，价值问题就是精神问题。

所以，把薇依当作一名基督徒，把她的著作当作神学著作，只能算是她的宗教界朋友的偏见。在知识学的地图上，学者做了同样的划分，这也是很自然的事。学者是善于分类的。但是，由于思想的不安分，思想者的文本往往跨学科，跨文体，自成格局而无法按传统的方式归类。"上帝存在着，上帝并不存在"；"我应是无神论者，因为我自身有一部分并非上帝造就的。"薇依是什么人？薇依的著作是什么著作？她本人不是说得明明白白的吗？

近些年来，许多学者大谈基督教及基督教精神，主张以此拯救民族和人类；他们对所谓的"爱"津津乐道，唯独讳言现实苦难和黑暗势力，他们不是对抗强权而是依附强权，顺从强权，颂扬强权，不是进行斗争而是主张宽容、退让和苟且。看看薇依，就知道她有多么特别。她把基督徒的爱与革命者的憎结合到一起，把哲学家的知与实践家的行结合到一起，把水与火结合到一起，任何特定的角色都不可能规范她。她是一，她是一切，然而又什么也不是。她反对马克思主义，反对资产阶级，反对法西斯，反对强权和系统秩序，同整个社会相对立。她期待上帝，又不信任宗教，一如投身政治又不信任政治，不属于任何教派，当然也不会加入任何党派，潜伏在她身上的可怕的自发性，使她不可能同与之共同工作的任何团体保持一致。

她从来是一个边缘角色。一个不可救药的异类。

7

薇依一生只为成为一个人。

苏联作家爱伦堡在一篇回忆录中用过一个很有意思的词，叫"最低纲领派"和"最高纲领派"，喻指不同的人生目标和人生态度。薇依无疑属于最高纲领派，因为她要做一个诚实的人，自由的人，有尊严的人，一个为自己和为社会劳动着的人，一个具有道德良知，富于使命感和责任感的人。你也许觉得诧异：这不是对人的基本要求吗？怎么会变成最高纲领呢？人类的全部悲剧就在这里。对现存的统治秩序的服从，已然使个体的心理和思维结构与集体历史和客观世界的结构趋于协调一致。人们的一切早已由国家，由别的集团或个人安排就绪；活着，行动着，只消听从别人或组织的命令和指挥。当被统治者习惯于用统治者的头脑思考时，实际上已经成了同谋，根本没有个人的行动纲领；即使有，最后也只能以放弃告终。外在的力量太强大了：权力、金钱、社会舆论、集体、荣与辱的范型，等等。作为个体，怎么能抵御这许多的压力和诱惑呢？所以都靠妥协为生。至于薇依，她是有着自己的目标的，为了到达这目标，始终保持了一种自觉，以最大限度地毁损自己的生命为代价。这种勇气是罕有的。蒂利希称作"存在的勇气"。

薇依的社会思想过于宏大，那是以人类的个体自由，即摆脱受奴役的状态为终极目标。可是，天性固执的她并不考虑目标可否实现，只是考虑是否具有合理性，只要是合理的，就必须服从。她把这种服从称作"自由"。

> 因为我心中的愿望
> 服从于你的愿望
> 　我渴望着
> 完全的自愿

薇依多次强调"自愿"，因为唯有自愿，为社会解放而作的斗争，才能变成为自己而战。当斗争一旦成为自身的事情，苦难、痛苦和危险就将变得像面包一样不可缺少，在任何时刻里，都不会身处后方。

为了寻找一个真实的自我，正如薇依自己所说，她不仅丢掉了所有意愿，而且丢掉了整个自身的存在。因为斗争，剧烈的偏头痛始终伴随着她，而得不到治疗和休息；因为斗争，她舍弃了恋爱和婚姻，唯与人类订下白首之盟；因为斗争，等不及头白，便在孤独和痛苦中了结了一生。她由自己亲手折磨自己，由自己打断自己的生命行程，而且强迫打断。所谓一生，对她来说，亦不过短短的三十四个冬天罢了。

论意志，论勇气，薇依是过人的。但是，身为女性，她毕竟柔弱。你读读她的信，就会看出来，那里有一双澄澈、锐敏，然而忧郁的眼睛在凝视内心的深渊。她曾经慨叹："人类的痛苦中最令人可憎的是知之甚多，却无能为力。"其实，对一个人来说，拯救自己的能力恐怕是最缺乏的。关于薇依的最后的日子，传记有这样一段叙说：当她在寓所的地板上昏倒以后，一位女友凑巧赶到，立即找来烧酒使她苏醒，然后告诉她得出去找医生。这时，她低声央求道："答应我，不要对别人说。""这不行，"女友说，"你会无法工作的。"她哭了。这种生理学上的迅速反应，一定不是工作或治疗问题引起的，而是有一种情绪，一种孤立无援的悲哀于顷刻之间弥漫了她的心！在她的一生中，应该有多少个像这样充满泪水的时刻！然而，我们所看到的，却是一个永远穿着一件两个大口袋上衣，一双平底鞋，不歇地行动着、生气勃勃、坚忍不拔的女性！

照亮黑暗的光，最先穿透自己。在内心深处，薇依跟自己作战，一次次受伤，一次次失败，又一次次战胜。说她坚强，是因为她柔弱；一个柔弱的人，该拿出多少倍于常人的勇气去承受痛苦的考验呵！

呐喊着作战非常英勇,
但我知道,
更英勇是与自己胸中
悲哀的骑兵搏斗的英雄。

胜利了,民族不会看见,
失败了,人们不会发现,
没有国家会以爱国者的深情
瞧一瞧那弥留时的双眼……

与自己作斗争的这种艰厄,只有像狄金森一样生活在内心里的人,才会有大致相同的体验。"无始亦无终,呻吟也无用,因为我们生于他人的苦难里,而死在自己的痛苦中。"薇依把这所有一切都看作是一种必然性,所以,当她带着遍体鳞伤向世界告别的时候,依然保持了一个胜利者的姿态。"让我消失吧,以使我所目睹的这些事物变得更美好,因为它们将不再是我所见的那些事物。"她是这般安详、大度、英雄主义地走向黑暗,而把希望和光明留给了未来世界。

薇依去世时,曾经被当作一位神秘人物大事渲染,随即归于沉寂。没有谁窥探过死者的灵魂。只有为她送殓的寥落的几位朋友,背后还会谈起她,满怀敬意地称她为"英雄"。

这是现代的悲剧英雄。作为英雄,她的政治姿态高贵而怪僻,日常生活简单而混乱;她鄙视王冠,勋授和盛大的凯旋,只为一个无权无势的广大阶级的存在而作一个人的斗争。这样的斗争几乎无法构成事件,它仅表现为一些零散的细节,即使把所有细节集中起来,也不足以构成对不公的现存世界的打击力,然而对战斗者来说,却是一场旷日持久的消耗战。不是以外部突发的方式毁灭,而是从内部慢慢消磨一个人的英气,以致殒亡。无疑地,这是更为悲壮的。

舒曼曾经预言:"当肖伯纳被人遗忘时,人们还会记得西蒙娜·薇依。"

从西方到东方,后现代戏剧已经上演。轰动一时的肖伯纳,除了戏剧学校的学生,连他的名字恐怕也真的不复为世人所知。但是,薇依,在一个需要自由和正义的社会里,尚且一直为正剧英雄的阴影所遮盖,到了连灵魂都可以买卖的商业时代,还会有人记得起她吗?

2002年6月

卢森堡

"嗜血的红色罗莎"

> 只给政府的拥护者以自由,只给一个党的党员(哪怕党员的数目很多)以自由,这不是自由。自由始终是持不同思想者的自由。
>
> ——罗莎·卢森堡《论俄国革命》

革命渐次随着岁月的尘烟远去。

有各种革命,也有各种不同的革命者。真正的革命者,委身于他理想中的事业,这事业,是同千百万无权者的福祉联系在一起的。在革命中，他们往往为自己选择最暴露、最危险、最容易被命中的位置，结果正如我们所看到的，当黎明还没有到来，他们已经在黑暗中仆倒。

在这个倒下的队列里，我们记住了一个人：罗莎·卢森堡。

"红色罗莎"

卢森堡自称是犹太裔波兰人，不只一次地声称波兰是自己的祖国。曾经有人在书中提及，波兰有史以来，在对外斗争中从来不曾出现过叛徒，足见波兰人的忠诚、英勇和傲岸。她的独特的犹太家庭背景，使她从小培养出一种人性的、平等的观念；民族的浪游性质，又使她恪守"犹太同龄群体"的伦理规则，而不与任何"祖国"相一致。正如政治学者阿伦特指出的，犹太知识分子的祖国事实上是欧洲；用尼采的话说，他们会因自身的位置和作用而注定成为最卓越的"好欧洲人"。

1871年3月5日，卢森堡出生于波兰扎莫什奇的一个木材商人家庭，两岁时，全家迁居华沙。在这里，她完成了中学教育，并开始参加革命活动。1889年底流亡瑞士，入读苏黎世大学，先后学习哲学、政治经济学、法学及自然科学。在此期间，结识利奥·约吉希斯，后来他成为她事实上的丈夫和情侣。1894年，他们共同组建了波兰王国社会民主党。1898年，卢森堡取得德国国籍，迁居柏林，参加德国社会民主党的工作。在党内，她积极从事组织活动，为报刊撰文，发表演讲，先后批判党内元老伯恩斯坦和考茨基，也曾同列宁展开过论战。1914年7月，第一次世界大战爆发。由于德国社会民主党议会团一致支持帝国主义战争，背叛革命，卢森堡和李卜克内西等组织斯巴达克同盟，后成立德国共产党，成为党的重要领导人之一。

卢森堡自称是一个永远的理想主义者。读书时，她在题赠女同学的照片背后写道："能够以纯洁的良心，去爱所有的人那样一种社会制度，是我的理想。只有在追求它并为之奋斗时，我才有可能产生憎恨。"像这样一个怀抱着宏大的社会理想的人，在当时，命运注定要和革命扭结到一起。为此，她多次被捕，在监狱里度过相当长的岁月。1917年春夏之交，斯巴达克同盟鉴于她在狱中健康恶化，曾酝酿过一个营救计划，考虑到她拥有俄属波兰地区的出生证，试图向官方提出要求，放她出狱到俄国去。然而，她拒绝了这个计划，因为她根本不愿意与官方当局发生任何联系。在革命队伍中，她以思想激进和意志坚强著称,所以,帝国主义者及右翼分子称她为"嗜血的'红色罗莎'"。

1919年1月,德国共产党与其他革命组织共同行动,举行大规模游行示威。接着,斗争遭到政府军队的血腥镇压,卢森堡和李卜克内西同时被捕,当日惨遭杀害,她的尸体被扔进运河。当此危急时刻,约吉希斯倾全力搜集卢森堡遗文,调查事件真相,一个多月后随之遇害。

卢森堡逝世后,列宁下令出版她的传记以及她的著作的完整汇编,同时,还斥责了德国党对于承担这一义务的冷漠态度。斯大林不同,于1931年著文强调卢森堡犯过许多极其严重的政治错误和理论错误,这等于给卢森堡盖棺论定,以致后来发展到谁引用卢森堡的话便是反革命的地步。苏共二十大以后,情况有了变化,在苏联和东德等国家,开始寻找卢森堡与列宁的思想的一致性,涉及两人的分歧,当然仍将错误归于卢森堡。所以,阿伦特在一篇论述她的文章中把她描写成欧洲社会主义运动中的一位"边缘性人物","德国左派运动中最有争议的、最少被人理解的人物"。直至上世纪六十年代以后,"红色罗莎"才获得应有的崇高的评价,她的著作在国际上兴起出版和研究的热潮。

"重新发现"卢森堡,在国际共运史上,是一个堪称奇特的现象。

"永远是一只鹰"

卢森堡的政治思想,在论战中显得特别活跃和鲜明。其中,关于革命与暴力问题、政党问题、无产阶级专政与社会主义民主等问题,带有很大的原创性。在苏联、东欧剧变十多年以后,回头再看卢森堡的相关论述,判断的深入和准确是惊人的。

在卢森堡看来,革命,不是任何组织或个人"制造"出来的,不是根据哪一个政党的决议产生的,而是在一定历史条件下"自动地"爆发的。不是组织先于行动,而是行动先于组织,而这"行动的迫切压力"总是来自社会下层。她指出:首先应当具备"革命形势"这一必要的条件,必须认真考虑大众的情绪。在组织问题上,她从不信任有一种绝大多数人在其中都没有位置、也没有声音的所谓的革命的"胜利",不信任那种不择手段、不惜代价夺取权力的行为,以致她"担心革命受到扭曲更甚于担心革命的失败"。

正由于当时德国的客观形势与俄国不同,卢森堡和李卜克内西都没有作过以武装夺取政权的尝试。

但是，卢森堡并没有因此否定暴力，相反对于那些把暴力等同于革命，从而加以反对的"机会主义的学理主义者"予以严厉的批判。暴力是有阶级性的，她特别指出，必须警惕来自反动政府的合法性暴力的隐蔽性和欺骗性。她认为，无条件地否定革命暴力，把议会政治、宪政政治看作被压迫阶级得救的唯一出路是空想的、反动的，这也正如把总罢工或街垒看作唯一的出路一样。在她看来，并不存在一种预设的绝对合理的方式，任何方式的采用都是随机变化的、可选择的。人民群众唯有拥有潜在的暴力，并足以作为自卫的武器或攻击武器，来发挥它的作用，才能在阶级力量的对比中，最大程度上改变政治斗争的条件，其中包括议会条件。正是在这一意义上，卢森堡指出，改良是革命的产物；而革命，并非出于革命者对暴力行动或革命浪漫主义的偏爱，而是出于严酷的历史必然性。

上世纪九十年代以来，中国学术界"告别革命"之声不绝于耳。颇有一批学者极力夸大革命的破坏性，俨然历史真理的代言人。事实上，阶级社会发展的诸种因素，是互相补充、互相完善又互相排斥的。革命暴力的正当性和正义性，正在于被压迫阶级在争取自身解放的斗争中，在所处的阶级对抗的有限的阶段中，他们自身的损失可以因此被减少到最小。所以，卢森堡才会一再指出，暴力是革命的最后手段。她承认，"在今天的情况下，暴力革命是一件非常难以使用的双刃武器。"

1904年春，列宁发表《进一步，退两步（我们党内的危机）》一书，论述关于无产阶级的政党学说。7月，卢森堡发表《俄国社会民主党的组织问题》，评论了列宁的建党思想，引起论争。在建立一个集中统一的政党这一问题上，两人之间没有分歧；争论的中心，是卢森堡说的"集中程度的大小集中化更准确的性质"问题。

卢森堡批评列宁的"极端集中主义观点"，是"无情的集中主义"，认为这是把"布朗基密谋集团的运动的组织原则机械地搬到社会民主党的工人群众运动中来"；她说，这样做的结果是"中央委员会成了党的真正积极的核心，而其他一切组织只不过是它的执行工具而已"。文章尖锐地提出：究竟是谁执行谁的意志？她认为列宁设想的中央拥有"无限的干涉和监督权力"，强调的是党中央机关对党员群众的监督，而不是确保自下而上对党的领导机关的公开、有效的监督。她确信权力的高度集中必然产生思想僵化、压制民主和轻视群众，形成并助长专横独断的危险，窒息积极的创造精神，惟余一种毫无生气的"看守精神"。

在这里，卢森堡表现出了重视人民群众的非凡的热情，以致后来有人称她为"一个纯粹群众民主的理论家，一个出色的非定型的革命的预言家。"1918年，她在狱中写下著名的《论俄国革命》，直接地把社会主义民主等同于"无产阶级专政"。这部未完成的手稿对苏联布尔什维克党的批评尤其激烈，其中除了土地问题、民族自决权问题之外，一个重要的内容，就是批评布尔什维克党把专政和民主对立起来，强化专政而取消民主。她强调说，无产阶级专政是"阶级的专政，不是一个党或一个集团的专政，这就是说，最大限度公开进行的、由人民群众最积极地、不受阻碍地参加的、实行不受限制的民主的阶级专政。"她从来认为，社会主义社会的本质在于大多数劳动群众不再是被统治的群众，而是自己的全部政治和经济生活的主人，在有意识的、自由的自决中主宰着这全部的生活。

关于社会主义民主，卢森堡总是把它同自由联系到一起，并且以自由进行阐释。在《论俄国革命》中，她指出，"自由受到限制，国家的公共生活就是枯燥的、贫乏的、公式化的、没有成效的，这正是因为它通过取消民主而堵塞了一切精神财富和进步的生动活泼的泉源。"又说："随着政治生活在全国受到压制，苏维埃的生活也一定会日益瘫痪。没有普选，没有不受限制的出版和集会自由，没有自由的意见交锋，任何公共机构的生命就要逐渐灭绝，就成为没有灵魂的生活，只有官僚仍是其中惟一的活动因素。"她提出，要警惕无产阶级专政演变为"一种小集团统治"，"一小撮政治家的专政"，"雅各宾派统治意义上的专政"；同时警告说，如果听任这种情形的发展，一定会引起"公共生活野蛮化"，引起强制、恐怖和腐败，引起"道德崩溃"。她进而指出，"这是一条极其强大的客观规律，任何党派都摆脱不了它。"阿伦特认为，她对布尔什维克政治的批判是"惊人准确的"，"她的异端性是坦率的、毋庸争辩的"。

关于自由，在《论俄国革命》稿的边页上，卢森堡加注道：

> 只给政府的拥护者以自由，只给一个党的党员（哪怕党员的数目很多）以自由，这不是自由。自由始终是持不同思想者的自由。这不是由于对"正义"的狂热，而是因为政治自由的一切教育的、有益的、净化的作用都同这一本质相联系，如果"自由"成了特权，它就不起作用了。

其中,"自由始终是持不同思想者的自由"这句话,作为卢森堡的"名言",代表着她的一个深刻的信念而广为流传。

《论俄国革命》出版后,列宁于1922年2月写了《政治家的短评》一文,称它是一部"犯了错误的著作"。他在文中列举了卢森堡一生所犯的"错误",但是,对卢森堡仍然给予高度的评价,说:"无论她犯过什么错误","她都是而且永远是一只鹰"。

政治。人性。美学

阿伦特有一段比较卢森堡和列宁的话说,当革命对她像对列宁那样迫近和真实时,她除了马克思主义之外就再没有别的信仰条款了。"列宁首先是一个行动者,他可以在任何事件中都参与政治;而罗莎,用她半开玩笑的自我评语来说,天生就是个'书呆子',假如不是世界状况冒犯了她的正义和自由感的话,她完全可以埋头于植物学、动物学、历史学、经济学和数学之中。"其实,即使对马克思,她也并非一味盲从,认为马克思主义是一劳永逸地解决一切问题的样板。所以说,她不是一个正统的马克思主义者;阿伦特说她如此异端,甚至可以怀疑她究竟是不是马克思主义者。譬如，对于马克思的受到太多赞美的《资本论》第一卷，她便认为充斥着黑格尔式的华丽的修饰而表示"有些讨厌"；正因为她不满于《资本论》的解决图式，才写了《国民经济入门》和《资本积累论》。她所以阅读、称引、推荐马克思，未必出于赞同马克思的结论，而是因为"马克思的思想非常大胆，拒绝把每一件事情视为当然"，而贯穿着一种批判精神。

卢森堡个人确实有过不少试图远离政治和革命的表示，比如致信约基希斯说："俄国革命对于我，就像第五条腿对于狗一样，没有多大的意义。"可是，对于俄国革命，她不但关注到了，而且介入太深，正如我们所看到的诸如《论俄国革命》等许多相关的论著那样。正义和自由感对于她是支配性的，致命的。在信中，她说："我得不断地关心全人类的大事，使得这个世界变得更美好。"既关心人类，便无法摆脱政治的诱惑和制约，以致她不得不为此付出生命的代价。

对政治事务的关心，在卢森堡的著作中，可以说随处可见。她的私人通信，也记录了不少关于工人罢工，失业，冬小麦歉收，革命，党的会议，党纲的制订及人事变动等内容。但是，书信毕竟不同于政论，除了表现对应于公共性的立场、思想、观点之外，更多地体现了她个人的人格、品质、情感、趣味，精神世界中最基本、最深隐、最柔弱的部分，更人性化的部分。或者可以说，政治原则在书简中转换为一种道德原则，一种特有的气质。

卢森堡的内在气质，在《狱中书简》中展示得最为充分。她敬畏生命，从一只粪甲虫到一只蝴蝶，从一只土蜂到一只知更鸟，她都会留心地观察它们，倾听它们，像亲人和朋友一样亲近它们，为它们经受的惨剧而悲愤，而痛苦，一旦离去以致于黯然神伤。她那般感动于青山雀的问候般的啼声，每次听到那"戚戚勃"的活像孩子嬉笑的声音，就忍不住发笑，并且模仿它的叫声来回答它。她写道：

> 昨天我忽然从墙那边听见了这熟悉的问候声，可是声音全变了，只是很短促的接连三声"戚戚勃——戚戚勃——戚戚勃"，以后就寂然无声了。我的心不觉紧缩在一起。在这远远传来的一声短促的啼声中包涵着多少东西呵。它包涵着一只鸟儿的全部简短的历史。这就是青山雀对于初春求偶的黄金时代的一个回忆，那时候它成天歌唱，追求别的鸟儿的爱情；可是现在它必须成天飞翔，为自己为家庭寻觅蚊虫，仅仅是一瞬间的回忆："现在我没有时间——呵，的确，

从前真美——春天快完了——戚戚勃——戚戚勃——戚戚勃！——"相信我吧，宋尼契嘉，这样一声情意绵绵的鸟叫会深深地感动我。

她曾经写到，在读地理书的时候，得知德国鸣禽减少的原因，在于日趋合理化的森林经济、园艺经济和农业学，使它们筑巢和觅食的一切天然条件被消灭，想到那些"毫无抵抗能力的小动物"竟因此默默无声地不断灭绝，不禁深感悲痛，差点要哭出声来。她还说到在监狱里遇到的"一件极端痛心的事"，就是看见驾车的水牛被兵士鞭打得血迹斑斑的情景。她悲悯地写道：

……卸货的时候，这些动物一动不动地站在那里，已经筋疲力尽了，其中那只淌血的，茫然朝前望着，它乌黑的嘴脸和柔顺的黑眼睛里流露出的一副神情，就好像是一个眼泪汪汪的孩子一样。那简直就是这样一个孩子的神情，这孩子被痛责了一顿，却不知道到底为了什么，不知道如何才能逃脱这种痛楚和横暴……我站在它前面，那牲口望着我，我的眼泪不觉簌簌地落下来——这也是它的眼泪呵，就是一个人为他最亲爱的兄弟而悲痛，也不会比我无能为力地目睹这种默默的受难更为痛心了。那罗马尼亚的广阔肥美的绿色草原已经失落在远方,再也回不去了!……

卢森堡表白说,她有一种感觉,就是她不是一个真正的人,而是一只什么鸟、什么兽,只不过赋有人的形体罢了。她致信宋娅说:"当我置身于像此地的这样一个小花园里,或者在田野里与土蜂、蓬草为伍,我内心倒觉得比在党代表大会上更自在些。对你,我可以把这些话都说出来:你不会认为这是对社会主义的背叛吧。你知道,我仍然希望将来能死在战斗岗位上,在巷战中或者在监狱里死去。可是,在心灵深处,我对我的山雀要比对那些'同志们'更亲近些。"对于植物,她也一样怀着对小昆虫和雀鸟般的喜爱,说:"我研究植物,跟干其他事情一样,也是满怀热忱,全身心地投入。世界、党和工作,都悄然隐退。每日每夜,我的心中只翻卷着这么一个激情:去春天的原野漫游,采集成抱成捆的鲜花,然后回家整理、分类、鉴定,再夹到书页里去……"阳光、白云、湖光、山色,大自然的一切,都被她赋予了极其生动的人类情感,成为她的外化的生命。正如她所说:

不管我到哪儿,只要我活着,天空、云彩和生命的美就会与我同在。

在书信中，我们还可以看到，卢森堡那般倾情于艺术。从小说到诗，从歌剧到油画，从高尔斯华绥、萧伯纳到歌德，从伦勃朗到巴赫、贝多芬，她熟悉许多杰出的艺术家，熟悉他们作品中的许多出色的细节。她的眼前展现着一个浩瀚的艺术世界，她常常沉浸其中，内心充满愉悦。她写道：她曾因所有的剧场和音乐厅变成政治集会和抗议的场所，无法欣赏音乐而感到遗憾。她写道：她想重返纽伦堡，但原因不是去开会，而是想听朋友朗诵一卷莫里哀或者歌德。她写道：当她听完一支温柔的小曲时，心绪宁静，却随即想到自己曾经给予别人的冤屈，并为自己曾经拥有如此苛酷的思想感情而感到惭愧……

卢森堡对美的欣赏，还及于女性的形体与仪态。很难想象，这样一位革命家会在书信中那么仔细地描绘她在狱中见到的一个年轻女囚的美貌，在"十八世纪法国展"上看到的汉密尔顿夫人画像和拉瓦利埃女公爵画像的不同类型的美。她甚至表示，一些遥远的事物，比如数万年以前的粘土片，中世纪风光，乃至"带有一点腐朽味道的真正的贵族文化"，都是她所喜爱的，迷恋的，对她来说具有极大的吸引力。

一个一刻也不离开现实斗争的人是如此地喜欢古典，一个投身于政治运动的人是如此地喜欢安静，一个坚强如钢、宁折不弯的人是如此地喜欢柔美，一个以激烈不妥协著称的人是如此地博爱、宽容！——这就是"嗜血的'红色罗莎'"！

她坦然承担生活所给予她的一切：囚禁、各种伤害和痛苦，别离和思念，并且把这一切看成是美的、善的，开朗、沉着、勇敢，在任何情况下都感到幸福，惟是不放弃工作。在书信中，她不只一次说到她的人生哲学。她强调指出，认识历史的必然性对个人来说非常重要；但是，把对历史必然性的认识演绎为一种消极无为的哲学，又是她所反对的。她坚信人类的能力、意志和知识的作用，坚持自主意识，所以说，宁可从莱茵瀑布上跳下去，像坚果那样逐浪漂流，也不愿站在一旁摇头晃脑，看着瀑布奔泻而下。她要做一个和生活一同前进的人。

"比男人伟大"

革命不是想象。从某种意义上说，革命就是革命者。通过革命者的形象，我们可以目睹革命的面貌，它的全部构成。

说到卢森堡，仅仅阅读她的政论，哪怕是一度遭禁、以自由和民主作为革命的表达中心的《论俄国革命》，也还不是她的全部；只有结合她的《狱中书简》，她作为革命者的形象才是大致完整的。在她这里，不但具有明确的政治信念和道德原则，而且富于同情心，人性和丰饶的诗意。革命并不如某些自命为"自由主义学者"所描绘的那样只有恐怖，恰恰相反，革命是为了解除恐怖统治而进行的。

1907年的一天，卢森堡和她的朋友蔡特金在散步时忘记了时间，因此在赴倍倍尔的约会时迟到了。倍倍尔开始还担心她们失踪了，这时，卢森堡提议这样来写她们的墓志铭：

这里躺着德国社会民主党的最后两个男人（man）。

阿伦特赞同此说：卢森堡身上的"男子气概"（manliness），在德国社会主义运动历史中是空前绝后的。如果用这个比方定义革命，应当承认，仅仅有男子气概可能是野蛮的，强制的，可怕的，所幸其中的参与者和领导者有如卢森堡似的女性。她在信中说："我这个人太柔弱了，比我自己想象的还要柔弱。"正由于有了柔弱的人性做基础，有人类理解和人道主义做基础，革命风暴的力量才是可接受的。

法国诗人雨果有一首赞颂巴黎公社的女英雄、诗人米雪尔的诗，题目是《比男人伟大》。面对卢森堡这样的革命女性，除了这，我们还有什么更恰切的语言去形容她呢？——"比男人伟大！"当然，比男人伟大！

2007年3月18日

沉思与反抗

美国政治学者汉娜·阿伦特的著作，有八种汉译本，不同的传记数种。虽然她的主要著作《极权主义的起源》在大陆未见出版，但是自上个世纪九十年代以来，她的名字及主要的思想，已为广大读者所知悉。

阿伦特于1906年10月14日生于德国汉诺威的一个犹太人家庭。她的父母都是社会民主党成员，母亲还是卢森堡的崇拜者。她在马堡和弗莱堡大学攻读哲学、神学和古希腊语，后转至海德堡大学，先后师从海德格尔和雅斯贝斯，深受存在主义哲学的影响。1933年纳粹上台后，参与犹太复国主义的秘密活动，一度被捕，后流寓巴黎。在法国，她继续为犹太组织工作。1940年，与流亡的共产主义者海因利希·布吕歇尔结婚。同年，被关进居尔集中营，

阿伦特

法国沦陷后，同母亲和布吕歇尔一同逃往马赛，次年前往美国。总的来说，她是喜欢美国的，二战胜利后，大批德国知识分子返回德国，她坚持留了下来。在这里，她最先为犹太文化重建委员会工作，曾任舍肯出版社编辑，芝加哥大学教授，并在多所大学开设讲座。其间陆续出版多种政治学著作及其他著作。主要有：《极权主义的起源》、《人的条件》、《论革命》、《共和危机》、《耶路撒冷的艾希曼》、《黑暗时代的人们》等。1975年12月4日，因发作心肌梗塞，病逝于纽约寓所。

阿伦特的政治学者的形象是在美国完成的。作为学者，她大大拓宽了政治科学的论域，譬如"极权主义"论，便极具原创性质，它取自时代经验，为亚里士多德以来的政治学经典所未见。由于她坚持自由写作，因此不能不打破经院式的"学术规范"，她的绝大多数著作，以评论和随笔的形式出现绝非偶然。然而，在充满激情的表达中，却又无处不显现着她固有的沉思的气质。她是从哲学走向政治学的。

在实证主义学者看来，阿伦特的著作当有许多不够严谨或者偏颇的地方，事实上，她在生前便遭到不少这样那样的损毁。可是关键的是，她及时地介入现实，把她的思考集中到带公共性的问题，"人的处境"问题上面，直逼时代的核心。她确信，真正的思想者不在于完成，而在于打开。不是由自己终结真理，先知般地把真理交给人们，而是打开思考之门，让自己和人们一道在思考中行动，这正是阿伦特作为一个现代学者不同于传统学者的地方。

在确立个人身份的时候，阿伦特并不把自己看作是纯粹的德国人，或者是纯粹的犹太人，而是一个德国的犹太人。她拒绝被德国文化同化，同时拒绝犹太复国主义。对美国来说，她也是"外来的女儿"。她要做一个边缘人，局外人，"有意识的贱民"。学者总是喜欢标榜"价值中立"，而她争取的，惟是身份的独立而已，价值倾向却是鲜明的。对自由的渴望，使她始终坚持独立批判的立场，不惮于自我孤立。关于艾希曼审判是最突出的例子。我们看到，她不但从中挑战广大社会的惯常的善恶观念，"美化"屠夫和公敌，而且把矛头直接指向受害者团体——自己所属的种族团体——犹太委员会以致全体犹太人，终至于众叛亲离，这需要何等超迈的道德勇气！她固然不是那类埋首于专业的麻木的学者，但也不是那类与时俱进的聪明的学者，而是逆流而上的反抗的学者。她反潮流，反抗她的时代，因为她确信，她所处的时代是一个极端的时代，黑暗的时代。

极权主义：群众运动、组织、宣传与恐怖

二十世纪人们最为刻骨铭心的经验，就是在极权主义统治下的生活。阿伦特于1949年完成的《极权主义的起源》第一次系统地描述了这一人类境况，并通过对传统社会的比较研究，在理论上做了深入的总结。全书共分三部：第一部为"反犹主义"，第二部为"帝国主义"，第三部才说到"极权主义"。前面两部对欧洲十八世纪以降的历史进行多个方面的考察，指出极权主义的崛起，乃是人类文明的一次大崩溃过程，实际上是全书的一个前奏。所以，雅斯贝斯建议从第三部读起。最后一部对极权主义的起因和条件，表现形态和特点，做了缜密的分析，指出这是"我们时代的重荷"，并且警告说，极权主义并未终结于纳粹主义和斯大林主义的终结。

"极权主义"一词并非阿伦特的发明，而是二十世纪四、五十年代欧美惯于使用的，但是，阿伦特在著作中赋予它以确定的限界和内涵。极权主义运动是一种大众运动。"群众"、"运动"是阿伦特的极权主义理论中的两个重要概念。她在书中对"群众"和"暴民"做了区分。暴民是从十九世纪阶级社会中脱离出来的人们，而群众则是阶级社会解体的产物，因此不像暴民那样拥有"阶级的

基础",他们反映的是"全体人民"的利益,实际上是一群原子化的人们。极权主义运动,实质上是由这些互相孤立的个人构成的群众组织,它的一个最显著的外部特征是个体成员必须完全地、无限地、无条件地、一如既往地忠诚。忠诚,是极权统治的心理基础。极权主义运动的领袖和精英人物必须不断维系群众的忠诚,以激发他们在运动中的献身精神。他们要让群众知道,他们之所以存在于这个世界并占有一席之地,完全因为他们属于一个运动,是政党中的一个成员,他们只能"受惠于自己所加入的党和党交给自己的任务"。运动,不断地运动,它在实践上的目标,就是要尽可能地把更多的人们引入其中并组织起来,只有这样才能使自己维持下去。

在论及极权主义运动时,阿伦特着重指出宣传和组织二者的作用。极权主义宣传之所以需要在大众中反复不断地进行,是因为它的意识形态内容原本便是虚构的,非事实、非经验的;但是无庸置疑的是,某些观念通过逻辑推理,能够产生长期不变性,也可称为"彻底性"。阿伦特认为群众由于缺乏自由交流的空间,已然丧失由常识所提供的现实感,极权主义宣传正好利用逻辑演绎的强制性,以恐怖的力量,为他们提供现实感的另一种代用品——"科学"的谎言。如果说在极权主义国家里,宣传(Propaganda)需要和恐怖相互为用的话,那么,在极权主义拥有绝对控制权的地方,宣传便为灌输(Indoctrination)所代替了。

关于组织的任务,阿伦特在书中写道,是"把经过宣传所粉饰的意识形态虚构的主要内容一一转化为现实,并且把各个地方尚未被极权主义化的人们组织起来,使他们按照这种虚构的现实而行动"。这样的组织是分层级的,有先锋组织,有精英阶层,也有普通成员,领袖则处于核心位置。在这个类似洋葱头一般结构的组织内,越靠近运动的中心,越是远离外部的现实,于是悉数埋入为极权主义教义所虚拟的世界之中,为"彻底性"所蒙蔽。

1958年,《极权主义的起源》出版第二版,阿伦特加写了《意识形态与恐怖》一章,取代初版的"结语"部分。她写道:"极权主义是一种现代形式的暴政,是一个毫无法纪的管理形式,权力只归属于一人。一方面滥用权力,不受法律约束,服从于统治者的利益,敌视被统治者的利益;另一方面,恐惧成为行动原则,统治者害怕人民,人民害怕统治者——而这些,在我们全部的传统中都是暴政的标志。"她在书中对极权主义作为一种新的国家形式和历史上各种专制政治、独裁制和暴政形式做了区分,分析它的"现代性"的特点。在最后一章,她指出,极权国家除了独一（monolithic）结构，一个突出的现象就是政党和国家并存的现象，完全缺乏制度。极权统治蔑视一切成文法，甚至蔑视自己制订的法律，发展到全面专政，就是警察国家。在这样的国家里，活生生的人被强行塞进恐怖的铁笼中，从而消灭行为（活动）的空间——没有这种空间，就不可能获得自由的现实状态。极权统治的结果，人们不但丧失了自由，甚至窒息了自由的渴望，窒息了在政治领域以致一切领域内的自发性和创造性。整个社会无所作为。

"极权主义企图征服和统治全世界，这是一条在一切绝境中最具毁灭性的道路。"对于极权主义对人类的戕害，阿伦特有着切肤之痛，所以倾全力加以揭露，反对"鲁莽地一头钻进乐观主义"。可以认为，《极权主义的起源》不但是她的学术道路的起点，也是她的一生思想中的一个聚合点。后来，她论革命，论共和，论责任伦理等等，都与此密切相关，不妨看作极权主义问题的不同维度的延伸。

平庸的恶，责任与良知

1960年5月1日，在逃的前纳粹分子，在犹太人大屠杀中扮演重要角色的阿道夫·艾希曼在阿根廷被以色列特工绑架，随后带回以色列。次年4月11日至12月15日在耶路撒冷受审，被判处绞刑。阿伦特以《纽约客》记者的身份目睹了审判的全过程，根据有关材料，写成《耶路撒冷的艾希曼：一篇关于平庸的恶魔的报告》在杂志连续发表，引起轩然大波。

阿伦特的文章被普遍误解并遭攻击，主要集中在两个地方：其一是提出"平庸的恶"的概念，代替此前在《极权主义的起源》中提出的"极端的恶"的概念，将恶魔艾希曼平庸化；其二是指出犹太人委员会，众多犹太人领导人对大屠杀同样负有责任，这无异于拿自己的民族开刀，用阿伦特的话说，她揭开了"整个黑暗的故事中最阴暗的一章"。

在阿伦特的眼中，艾希曼并非恶魔，而是即使在今天看来也是"正常的人"。在第三帝国中，他是一个遵纪守法的公民，一个好党员，当然没有理由将自己看成是有罪的。他承认，他并非灭绝的组织者，他负责协调并管理将犹太人押往死亡营，只是执行"自上而下的命令"，忠诚履行职责而已。阿伦特写道："从我们的法律制度和我们的道德准则来看，这种正常比把所有残酷行为放在一起还要使我们毛骨悚然。"她认为艾希曼是"官僚制的杀人者",因此 同意法庭的判决;但是同时指出,艾希曼不是那种献身于邪恶的罪犯,而是一个缺乏思考,不具有判别正邪能力的人。在这里,她把罪犯与"平庸"联系起来,说:"艾希曼既不阴险奸诈,也不凶横,而且也不像理查德三世那样决心'摆出一种恶人的相貌来'。恐怕除了对自己的晋升非常热心外,没有其他任何的动机。这种热心的程度本身也绝不是犯罪。……如果用通俗的话来表达的话,他完全不明白自己所做的事是什么样的事情。还因为他缺少这种想象力。……他并不愚蠢,却完全没有思想——这绝不等同于愚蠢,却是他成为那个时代最大犯罪者之一的因素。这就是平庸……这种脱离现实与无思想,即可发挥潜伏在人类中所有的恶的本能,表现出其巨大的能量的事实,正是我们在耶路撒冷学到的教训。"

阿伦特强调"平庸的恶可以毁掉整个世界",实质上是强调思考在政治行动中的意义。这正是她对于极权主义运动的基础——群众问题的深入思考的结果。在极权主义运动中,为什么所有的人都跟着像希特勒这样一个独裁者跑了?为什么一个像纳粹主义这样的专制政体能够靠像艾希曼这样粗鄙、肤浅的人来支撑?在阿伦特看来,根本原因就在于整个社会缺乏批判性思考。

还有一个集体不抵抗问题。阿伦特发现,犹太人委员会提供"遣送名单",从中协助了纳粹的灭绝行为的主题,在审判中被故意回避了。她指出,犹太人领导人几乎都无例外地用某种方法,某种理由和纳粹合作。没有他们的积极配合,有计划的犹太人大屠杀不可能达到后来发生的那种规模。在报告中,阿伦特还列举了欧洲国家在德国下达驱逐犹太人命令后的不同反应,并做了分析。其中,丹麦、保加利亚、意大利并没有出现反犹主义;丹麦还公开表示反对意见,帮助隐藏和拯救犹太人,曾经将5919个犹太人运往瑞典。相反,罗马尼亚公民普遍反犹太人,甚至以自发大屠杀的方式屠戮犹太人,以致党卫军为了贯彻"以一种更为文明的方式"进行屠杀而不得不进行干预。阿伦特认为,罗马尼亚不仅是一个谋杀者的国度,而且是一个堕落的国度。她指出犹太人委员会没有在"帮助犹太人迁移与帮助纳粹驱逐他们"之间做出抉择,同样是一种"恶行"。没有个人的反抗,也没有集体的反抗——对于纳粹在欧洲社会,不仅在德国,对几乎所有的欧洲各国,不仅在迫害者之间,而且在受害者之间引起的整体性的道德崩溃,她认为,耶路撒冷审判所提供的内容,是带冲击性的。

　　谁之罪?对于一个民族的空前浩劫的反思,阿伦特在这里留下的启示是,必须在法律犯罪与政治、道德上的责任问题作出区分，不但要从政治体制方面追究历史责任，还要从人性道德方面追究个人和集体的责任。所谓历史的反思，就是反思责任。正如究诘共同罪责一样，认为共同无罪也是不成立的。

关于阿伦特在艾希曼审判中表达的观点，诺曼·波特莱兹在一篇文章中的概括是准确的："取代罪大恶极的纳粹，她给我们的是"平庸的"纳粹；取代作为高尚纯洁的犹太殉教者，她给予我们的是作为恶的同案犯的犹太人；而代替有罪与无罪的对立的，她给了我们是犯罪者与受害者的'合作'。"对于一段苦难历史的批判反思，阿伦特是丰富的，深刻的，但确实是惊世骇俗的。由于她，无情地撕破了一些政治体的卑鄙的伪装，撕破了人们借以掩盖自身的人性弱点的外罩，所以备受攻击和诽谤也是必然的。

革命，共和，公民参与

1963年，阿伦特的著作《论革命》出版。雅斯贝斯认为，此书是作者基于在美国的生活经历的产物，主题是政治自由和追求人的尊严的勇气；并且评价说，它的重要性并不亚于《极权主义的起源》。阿伦特认为，革命精神已经失去,她把这看作是现代人的悲剧,从而给予正面的阐释,把革命与共和联系起来,重塑革命精神。从中所体现的作为一个饱经极权统治迫害的知识分子的政治理想与不泯的激情,倘若拿来与后文革时代中国知识分子的"告别革命"的论调相比较,确实是很有意思的事。

在书中,阿伦特集中讨论了法国革命和美国革命。她认为,两个革命都极其重视公共自由和大众福祉,但是美国革命并没有像法国革命那样限制公民的个人权利,它的成功经验表明,革命只能使权力掌握在人民手中。她指出,美国这个国家的确有它的特殊性,它所以能够避免极权主义的影响,就因为它不具备民族国家那种建基于历史和文化的统一性意义上的民族一体性,此外,也不曾出现如十九世纪欧洲社会那种具有强大内聚力的阶级结构,作为一个移民国家,原本就是一个大众社会。但是,美国与欧洲文明是同源的,这也是一个事实。在阿伦特看来,革命和宪法的制订,在总体上是革命过程中的两个不同阶段,美国革命的一个特点是,它并非一场突发的暴力运动的结果,而是始终依靠众多参与者普遍的协商和相互契约来发动、推进和维系的。阿伦特说:"革命的目的在于缔造自由。"美国宪法的制订与定期修正,就是建构和扩大自由空间,将自由制度化。倡导宪政建设,不能只是考虑秩序与程序的确立，而放逐了自由精神与公众参与；恰恰相反，阿伦特的关于以"评议会制"取代政党制和代议制，建立一个"参议国家"的近乎政治乌托邦的设想，都是以公众参与、公共空间的创建为主要内容的。她认为，美国宪法体制的本质意义，并不在于保障公民的自由，而在于创建使人民能够由自己在政治上组织起来的自由，树立一种新的权力体系：一、真正体现"权力属于人民"而非哪一个政党这一共和原则；二、联邦宪法体制不是采取主权国家的形式，保证没有主权的权力存在；三、通过各政治体互相平等，彼此约束，而非定于一尊，实行代替或兼并；四、民族既非政治体的基础，也就不存在历史和起源的同质性。在阿伦特看来，美国的开国者们在创建共和政体时，确曾将罗马的共和政体当作最早的范型，但是，美利坚合众国的创建并非罗马的重建，而是新的罗马的创建，体现了一种延续以政治自由为第一义的欧洲共和主义传统的创新精神。

美国在五十年代初曾经一度产生麦卡锡主义，疯狂迫害共产党人以及异议知识分子，阿伦特本人也深受其害。但是，这股"划一主义"的狂流没有肆虐多久，便很快得到纠正。阿伦特深信，其中最重要的原因，是因为美国拥有以联邦宪法为核心的各种自由制度。

《共和危机》是阿伦特于1972年出版的另一本文集，收入三篇论文和一篇访谈录。这些作品见证了六十年代越南战争、学生暴动、黑人民权运动以及七十年代前期以美国为首的世界性动荡，体现了阿伦特的政治卓识。其中，曾经在《论革命》中所强调的公民参与对于保护美国共和制并促使其健康发展的思想，特别富于时代实践的意义。

　　关于政治谎言。1971年6月，《纽约时报》披露了由国防部长麦克纳马拉授意的机密文件，其中包括美国卷入越南战争的决策过程的记录，这就是当时著名的"五角大楼文件事件"。这些文件的内容，暴露了有关政治领域中的欺骗的诸多问题。阿伦特指出，事实是脆弱的，谎言更可能成功，尤其是来自政府的谎言。她说："由于说谎者拥有预先知晓听众希望或者期待听到些什么的极大优势，因此谎言通常比现实更可信，更合乎理性。"其中一些谎言很容易被事实戳穿，但某些类型的谎言则可以将事实真相从人类的存在中完全抹掉，从而侵犯和损害了人类的自由。她指出有两种相关的说谎方式，一种属宣传性质，如越战；另一种则属专家、政治智囊人物所为，它一开始就带有自我欺骗性质，因为决策者生活在阿伦特称之为"去事实化的世界"。不过，对于政府的欺骗，她并不感到特别沮丧，理由就是她对美国一直处于自由状态下的新闻机构对民众服务方面持积极评价的态度，——即使政府文件有着严密的保密分级制度，也很难不为美国民众所知道。此外，美国人民的天性中具有一种抵制破坏自由的力量的东西，这也是她有信心可以战胜政府谎言的希望之一。

关于公民不服从。阿伦特相信，公民不服从首先是一个美国现象，因为它源自一个契约社会中的公民对于法律的道德责任。她将公民不服从与良心的抵制进行区别。公民不服从是集体的、公开的、以挑战政治权威的正当性为目的的社会运动，而良心反抗只是个人性行为。参与公民不服从的人都是有组织的团体的成员，这些团体出于某个观点的一致性而联合行动，并共同采取反对政府的立场。当然，这得从宪法上对诸如言论自由、结社自由、游行罢工自由等等基本人权有着切实的保障，就是说，即使同属于一个基于同意的社会，这种同意也是必须隶属于不同意的权利的。她提供的思路是一个"契约论传统"——政府必须取得人民同意（容许异议），如政府已违背托付，人民有权利不服从。尽管公民不服从也许会转化为暴力行为，对于共和制而言具有一定的破坏性，但是，鉴于社会上公民参与的减少，各种形式的自愿联合的减少，阿伦特仍然鼓励美国政府考虑将公民不服从问题纳入法律体系之中，——因为她相信，这是一个自由国家自信有能力保护人类自由的一种手段。

关于暴力。在《论暴力》一文中,阿伦特对权力、权威、强力和暴力作了区分。她把暴力和权力对立起来,认为暴力只能导致破坏,但不能创造出权力,一旦开始便无法控制,所以,暴力行动所产生的最可能的结果便是"一个更为暴力的世界"。而权力,在她看来是尊重人类的多元样态,使政治自由得到保护的力量。当一个团体或政府发现权力正在丧失时,很容易试图通过暴力来继续掌控权力。她认为这是不可能的,因为当暴力出现时,权力即明显地处于危险之中。阿伦特关于暴力的论述,多局限于一个契约国家——民选政府的理论前提。她将权力过分合理化,不但忽略了权力中隐性的合法性暴力,也忽略了不同政治势力在某种历史情势中的变动关系。这里,大约是因为她在1968年学生运动中,瞥见了二十世纪上半叶极权主义运动中群众的不祥的阴影吧?

在黑暗的年代,期待启明

阿伦特以一种新异的文体风格,写作了一本书,名叫《黑暗时代的人们》。所谓黑暗时代,当是她所经历的二十世纪,主宰这一时期的极权主义和官僚政治;按她的说法，同时带有象征的性质，采用的是较广泛的意义。其中，她写了从莱辛到同时代人中的多位诗人、作家、哲学家，包括卢森堡这样的革命者，提供了一个处于精神领域中的人物谱系。当时代将人们卷入屠杀、混乱、饥饿、不义与绝望之中时，作为"时代的代表"，这少数人却几乎不受它的控制和影响，这不能不说是一个奇迹。

作为时代的沉思者，阿伦特无疑同样是其中优秀的一员。如果从专业爱好来说，她应当埋首于哲学研究；事实上，直到临终前，她仍然进行着严肃的哲学思考。她的最后一部未竟的著作，就是《精神生活》。她本人声称，她的主要活动方式是思考，而不是一个长于行动的人。在弥漫着斗争气息的日子里，她没有成为一名革命者或是抵抗运动的成员，然而，她的思考却不能不一再地被现实政治问题——人类生存最急迫的问题——所打断。这样的思考不同于一般学者的思考在于，它并非服务于知识的目的，而是与实际生活于其中的世界密切相关，是对于生存意义的探寻。阿伦特试图通过思考打破现实——主要来自体制——的遮蔽，阻止人类作伪和行恶，敞开广大的公共空间，这样的思考，不能不带上批判与反抗的性质。在《人的条件》中，她承认："事实上，在专制条件下行动比思想来得容易。"为了人类的自由生存，她为自己选择了最孤立、最需要坚忍、最艰难的工作：思考。

在《黑暗时代的人们》的序言末尾，阿伦特如此表达她的信念："即使是在黑暗的时代中，我们也有权去期待一种启明（illumination），这种启明或许并不来自理论和概念，而更多地来自一种不确定的、闪烁而又经常很微弱的光亮。这光亮源于某些男人和女人，源于他们的生命和作品，它们在几乎所有情况下都点燃着，并把光散射到他们在尘世所拥有的生命所及的全部范围。像我们这样长期习惯了黑暗的眼睛，几乎无法告知人们，那些光到底是蜡烛的光芒还是炽烈的阳光……"阿伦特爱这个世界，她和她的著作，就是这样一种充满温暖的光辉，使我们在黑暗中感知人性和真理的存在而深受鼓舞。

2006年8月21日

珂勒惠支

旷代的忧伤

世界上没有哪一位画家，乍读之下，会使我立刻想起年迈的母亲，行将荒芜的田园，和久别的胼手胝足的兄弟，除了珂勒惠支。

珂勒惠支，以锋利无比的雕刀，侵入石板、铜、坚韧的木质，而直抵内心。雕刀之下没有风景。蝴蝶、春天、蔷薇园，都斑斓在别一世界。这里则是黑暗的中午，是展开在哑默中的广大的底层：种植饥饿的耕夫，褴褛的织工，失血的妇女，早夭的儿童……人类弱小而纯良的部分，苦难覆盖他们一如绵亘的岁月；反抗的意志，乃在无从察觉的最沉重因而最稳定的处所萌芽。乌黑而深垂的手，纷纷抓起武器，从铁镰木斧直到随处可见的石头，重复着先人猎兽般充满激情的原始动作。在铁栅外面，奴隶们怒吼、欢呼,跳断头台之舞;然而,节日尚未诞生,就已经被勒死在绳圈里了。既然全身光裸的母亲双手高举自己的孩子,作为牺牲奉献给了时代的祭坛,那么孕妇,那位身著袍服的未来的母亲,为什么仍然温静、安详如冬日的稻草垛?

——等待会是有意义的吗?

珂勒惠支一生作了50多幅自画像。这些画像,无言地纠缠着所有受难的妇女的灵魂,正如画家给妇女造像时,着意保留自己的影子一样。她们是如此相似。我看见她们常常交叠双手,抱着前胸,仿佛永远在护卫着怀中的生命;一俟无力与死神争夺,遂以手加额,在极度的疲累和无望中作不屈的沉思。母性博大、慈爱、坚忍、庄严,渴待生命的热情,于她们是上天的赐予,徒劳然而无尽;即使燃着逼人的愤怒,她们的目光,也一样流露着旷代的忧伤。

版画原本是男性艺术。它所使用的工具和材料,明显地具有对抗性质:坚定、沉着、富于锋芒。珂勒惠支以天生的大悲悯,容涵这一切,浸润这一切,于是,她的版画制作,通过粗犷而细腻的描线,单纯而丰富的颜色,遂传递出了一种品格,一种气质,一种如暴风雪驰向人旷野般的强烈的凄怆的诗意。

女画家承认，自己的艺术是有目的的；她决心以此在人们普遍彷徨失措和急待援助的时代中发挥作用。显然，艺术的作用被她过分夸大了，实际上，艺术很少有机会进入森严的社会。即如珂勒惠支，虽则没有放弃当一名"律师"的责任，所有作品都服务于"控诉"、"警告"和"呼吁"，倘使法西斯政府如后来所做的那样，把强令退出艺术机构，禁止举办展览等等措施提前实行，那么，什么劳什子版画，都将完结得无声无息。然而，艺术的本体的意义也正在这里。对于一个艺术家，即使剥夺了可供他利用的所有的传播媒介，也无法剥夺艺术本身。也即是说，一个艺术家的出版自由可以被剥夺净尽，但是创作自由是永远存在的。因为在创作的任何一个瞬间，作为艺术家，他已经表达过了。毕竟已经表达过了。

真正伟大的艺术，是以某种具体的艺术媒介，对人类苦难所作的最富于个人特质的强大的反应与深刻的诠释；即使这苦难牵涉到了生命的最神秘、最深隐、最恒久的部分，也仍然同人类当下的存在密切相关。珂勒惠支的艺术，就是这样的艺术。她以一位母亲的无限阔大的襟怀，遮没了美术史上所有的男性画家。

巨人米开朗基罗，他的痛苦与狂欢也许永远无人知晓，但是，光华灿烂的绘画天才，毕竟为教堂和陵墓而照耀；垂死的奴隶石雕，不过小小的缀饰而已。可怜的提香，一生绘画都献给了王公贵族。而那些阔人，据传对他也很敬重，弄到尊贵的查理五世大帝居然亲自为他捡拾画笔。于是，冈布里奇便得意洋洋说是"艺术的一个胜利"。到底谁是胜利者呢？雷诺阿的浴女是有名的。然而，漂亮而已。在画布上，她们与洁白的细颈瓶、花束、红苹果一类毫无二致。高更老远跑到塔希提岛，出于对文明的厌憎，一打一打地画了许许多多半裸的女人。其实，与其说是女人，不如说是一些富于水分的热带植物更合适些。凡高用旋转的笔触把一切画成自我，唯吃土豆的人一如土豆，安静而淳朴，而人却遁逸了。视觉艺术一旦把象征性背景撤离视野，人也就不成其为人。蒙娜丽莎的微笑，一半像上帝，一半像魔鬼，美在什么地方呢？仅在于猜不透的诡秘么？所谓美，乃是世界上最没有分量的东西；它纯然是一种快感，而快感是不负责任的。米勒恐怕是第一个赞美农人的画家了，遗憾的是，他笔下的兄弟没有惊恐，没有愤懑，没有悲痛神色；一个个全是那么高贵、肃穆、虔诚、顺从！

谁像珂勒惠支呢？

看看本世纪最著名最富有的画家毕加索吧。他的大多数作品画的都是女性，男性少得惊人。关于这点，与珂勒惠支颇相类似。可是，毕加索的女性只是在性关系的基础上对人体所作的幻想与拼凑，是纯粹的性角色。珂勒惠支也写性。她的《农民战争》组画之二，画的一个裸女，仰卧在地有如静物；然而，另一批静物如狼藉的花草，包括凡高未尝画过的葵花，都在暗示：此间并不平静。可以断定，裸女曾经有力地挣扎过，动弹过。由是，我们便进一步窥见了画板的隐面，裸女之外的系列的人们。可以说，珂勒惠支雕刀下的形体，都不是单个的存在；现代社会的生活，人的生活，构成为复合的处延的成分。——大约这就是所谓的艺术内涵罢？毕加索自离开西班牙之日起，就被一群女人、猴子和马屁精所包围，以致完完全全失去了生活，以及对生活的正常的感受能力。他是一个天性聪颖的顽童，追逐刺激、新奇、满足而又永远无法满足的浪游者，他活在性欲、虚荣心和一个接一个恶作剧般的胡乱涂抹的行为之中。立体主义的发明，便是题材匮乏和激情枯竭的明证。悲剧无法进入他的作品。一个对政治社会不感兴趣的人，根本不可能理解真正意义上的悲剧。然而，艺术家的品格注定是悲剧性的。是人类的普遍受难使艺术家的产生成为必要和可能；倘使状况已经改善，海晏河清，光天丽日，那时艺术家大约也就可以沉默了。

真正的艺术家，心目中是没有"艺术"的，唯有人世间的苦难而已。珂勒惠支曾经作过一次罗马之行，可是古典的完美的废物对她并不生什么影响，因为她始终在注视现实中的缺陷和污秽。其时，现代派的抽象艺术早已流行，而她，竟也浑然无觉；对远离生命实体的新生的东西，同样表现出了惊人的迟钝和淡漠。她总是一个人，固执地默默地走着写实的道路。作为苦难的承担者，珂勒惠支是孤独的，所以是强壮的。

法西斯当局所以迫害珂勒惠支及其版画，就因为充分地意识到了她的艺术力量。无论如何，那样一批摧残艺术的党徒和警棍，是颇懂得她的艺术力量的。相比之下，自诩为艺术美的创造者和批评家倒是一群呆鸟。他们普遍传染上了一种专业性疾患，开口闭口动辄光、色、刀法，煞有介事地做着所谓的艺术分析，其实是对艺术的最精致最残忍的肢解，乃至不惜抛弃整体，艺术中的人格与精神。

珂勒惠支的伟大地位，无疑地遭到了压制和贬损。然而，我们不得不承认：历史上总有一些事情是无法挽回的。

一个女人和一个时代

"带罪的玫瑰":有争议的女性

从女性的生存状态看社会的建制或时代的风气,不失为一个独特的视角。在民主社会,就说女权主义者,有激进的,也有温和的;有"铁娘子",也有执意保持女性特质的,总之无改于参差多态。倘若是军管性质的社会,极权主义国家,不爱红装而爱武装是受到鼓励的,广大女性明显的单一化、雄性化、武士化。从古代的斯巴达,到现代的纳粹德国,似乎都如此。

在纳粹德国,"希特勒青年团"至少有一半是女性,从身体到日常生活,女性的原有的东西遭到挤压,替换为含有法西斯意识形态的内容,被驱逐或被诱惑为极权统治

里芬施塔尔

服务。莱妮·里芬施塔尔（Leni Riefenstahl），就是在这种单调、压抑而又狂热的时代气氛中，惊现在艺术舞台上的一位典型的德国女性。

里芬施塔尔于1902年出生在柏林的一个商人家庭，从小酷爱体育运动，还在国际性的滑雪比赛中得过奖。她特别喜欢舞蹈，21岁即开始担任独舞表演，在各大城市演出时备受欢迎，并为柏林的媒体所追捧。无论容貌、体格、精神气质，都是符合纳粹关于优秀的雅利安妇女的标准的。可是，里芬施塔尔并没有为德意志生儿育女，她生产的是电影，一种新型的艺术。她执导的两部纪录片《意志的胜利》和《奥林匹亚》，以独创的、咄咄逼人、霸气十足的风格，为她赢得了世界性声誉。

二战结束后，里芬施塔尔被定名为纳粹同情人而遭到逮捕，经过四年的囚禁生活，于1949年出狱。由于同纳粹的关系，她受到世人，包括好友和亲人的冷遇，美国和法国占领军当局禁止放映她的电影，她还曾先后在奥地利、法国等国蹲过监狱。

她的电影导演生涯，至此宣告结束。然而，这个不寻常的女人，又在摄影方面重新开始她的艺术道路。她数次深入苏丹，拍摄土著居民努巴人的生活风习，随后出版摄影集，并举办展览。七十二岁时，谎报二十岁年龄，参加深海潜水训练班,成为有史以来年龄最大的深海潜水员。她在水下拍摄了数以万计的照片和数千小时的录像资料,后来又将摄影结集出版。

"不要因为我为希特勒工作了七个月而否定我的一生!"里芬施塔尔说。

2003年,一百零一岁的里芬施塔尔去世。全球的媒体报道了这个消息,并再度引发争议。这时,确实有许多人站出来为她说话,试图颠覆战后的结论,把美和艺术从她的作品中分割出去,并加以赞美。但是,持否定态度的人仍然不在少数。作为人类的精神创造物,艺术美意味着什么?它在多大程度上是独立存在的?艺术家难道真的可以全然抛弃政治道德立场的吗?里芬施塔尔的存在本身成了一个严峻的问题。

电影:从大众的戏子到权力的宠儿

电影俘获的观众之多,是任何艺术所不能比拟的。十九世纪九十年代中期,电影还是维多利亚时代娱乐圈里的一件新鲜的玩艺;到了二十世纪初,便以其机械复制的优越性,引起了政治家和宣传家的关注。于是,在苏联、德国和意大利,电影业先后迅速发展起来。

阿伦特经研究指出：极权主义首先注意掌握两样东西，一是群众，二是宣传。在纳粹党掌权之后，尤其在战争期间，宣传变成了灌输。著名的谎言家、宣传部长戈培尔公开说："我想开拓电影，使它成为一种宣传工具"；又说："电影是最有影响的获得广大观众的一种手段。"这样，电影从大众的戏子变做了权力的宠儿。在纳粹的管治下，固然它逃不掉政府权力的操控，相反，乐于充当服务生的角色，为极权主义政治服务。这些影片，表面上可以分为两类，除了赤裸裸的宣传片，如宣传反犹主义，美妙的农村生活、英雄战争等等之外，便是大量的五花八门的娱乐片。所谓娱乐片，在人权遭到肆意蹂躏的恐怖的现实生活中，源源不断地提供一种虚幻的、无忧无虑的、完美无缺的图景，提供笑料、鸦片，实际上在讴歌现政权，仍然脱不掉宣传，只不过手段隐匿一点罢了。

"纪录电影"一词，第一次出现于1926年2月。最早的纪录片，是"纪行电影"，异国情调的风光片，观赏效果大概跟娱乐片子差不多，而纳粹居然也有本领把它制作成宣传片。电影理论家格里尔逊说，电影可以成为"雄辩术"，因为任何叙述形式，都比不上能够仰角拍摄的摄影机，和经过剪辑的片段那样简单明快的"观察"。他肯定说，纪录片"能够决定舆论方向"。其实，政治的触角比艺术更灵敏。纳粹的电影实践，早就跑到这个英国佬理论的前面去了。

希特勒一眼便看中了里芬施塔尔。世间传说里芬施塔尔是希特勒的情人，可是并无实据。其实这倒小觑了希特勒，这位"伟大的"德国元首是经受过艺术训练的，他欣赏里芬施塔尔的并非只是美貌和才华，还有她的作品中所显现的为他所需要的"时代风格"。希特勒和戈培尔都是出色的心理学家，他们从里芬施塔尔早期的高山电影中发现了偶像崇拜，本质是男性崇拜、权力崇拜，是对于宏伟的生命力和征服的内在要求。

这种带有集中与极端倾向的生命气质与极权政治的契合，使里芬施塔尔成为纳粹从事电影蛊惑宣传的最佳人选。极权主义政权可能在其他政策和策略上错误百出，但是在组织上，也即在人事问题上是绝对不会出错的；就是说，它所选用的人才可以确保绝对忠诚。事实上，在从事电影宣传方面，里芬施塔尔也还不是完全被动的，被选择的。即使她在回忆录中一再声称不问政治，不懂政治，至少，她同希特勒的第一次见面，就是出于她的主动求见。当希特勒在地堡死去多年以后，她回忆起当年的元首，仍然流露着欣赏和感激之情。她不会不知道，只要与这样一个政权沾上边，所有的工作，是没有不带政治性的。

《意志的胜利》：纳粹党的颂歌

当里芬施塔尔初次见到希特勒的时候，希特勒就已经表示了"合作"的意图。不久，当希特勒当上总理以后，即邀请她为纳粹上台后第一次党代会拍一部新闻影片。这部片子的全部费用当然由党承担，至于片名，则由她本人把党代会的名目完全搬用过来，叫《信念的胜利》。

这不过是一个序曲而已。过了一年，即1934年8月，希特勒再度邀请里芬施塔尔为纳粹党即将在纽伦堡举行的规模更大的党代会拍摄纪录片。在大会召开前4个月，里芬施塔尔即率领摄制组170人来到纽伦堡会场。行政专员为他们配备了所需的一切，而党所提供的经费是无限制的。里芬施塔尔指挥三十多台摄影机同时开工，摄影师一直穿着纳粹德国冲锋队制服工作，各种车辆和无数聚光灯随时听从她的调遣。整个电影的制作，是被当做政治任务去完成的。连大会安排的进程，也被连接到影片开场的工作中来：仪式的展开、游行、阅兵、群众的移动、纪念碑和体育场的建筑，所有这些都根据电影的需要而决定。党的领导人在讲坛上的某些镜头受到损坏之后，希特勒即下令重拍，他们甚至在希特勒不在场的情况下进入斯佩尔搭建的摄影棚，演戏似的重新宣誓，效忠于元首。桑塔格在揭露该片是一部宣传片而非单纯的纪录片时，嘲讽说是"历史变成了戏剧"。

纳粹的美学原则是行动的，即赋予权力意志以形式。在现场摄影期间，为了使影片富于动感，里芬施塔尔让人在演讲台四周装上运行滑轨，还在38米高的旗杆上安上电梯，以使摄影师可以确保在适当的距离中围绕希特勒进行拍摄。她还运用这种创新的技术，动态地展示行军队列的全景流动，制服的变换，军旗的行进等等，给观众制造参与其中的幻觉。里芬施塔尔的摄影镜头不断对准宏伟壮观的"胜利的党代会"会场。在给纳粹的"伟大"仪式的场面作调度时，她使用的是一种绝对的视觉，总体的视觉，以突出希特勒的众望所归的领袖形象。影片一开始，希特勒的专机突破茫茫的迷雾出现，然后便是一连串的集会、游行、呐喊、森林般的舞手礼，在群众和旗帜的海洋中，希特勒始终被放置于中心位置，"希特勒万岁"的口号声频频响起；他的形象高大，背影占据了整个画面的三分之二，而他掌握中的群众，看上去只是一群灰蚂蚁而已。电影结束在瓦格纳的史诗音乐之中，赫斯带头振臂高呼："党就是希特勒，希特勒就是德国！"

整部影片的产生离不开希特勒，最后连片名也是希特勒根据党代会的主题给取的，那就是：《意志的胜利》。

为了确保新片完美无瑕，她在总共十三万米的胶片中选出三千米左右进行剪辑，因为有关国防军的镜头质量不好，被她删除了。本来她应当知道，希特勒兼任总统和总理，还是三军总司令，把党、国家和民族的意志集中于一身，是须臾不能失去军队的支持的。果然，不但将军们普遍不满，希特勒也为此动怒了。一向高傲的里芬施塔尔赶紧为国防军补拍了一个影片，这就是：《自由.之日：我们的军队》。

《意志的胜利》在德国及西方国家放映时引起轰动。狂热的巴黎影迷把里芬施塔尔抬到肩上，拥抱、亲吻，甚至把裙子也撕坏了。影片获得"国家电影奖"，威尼斯影展的金奖和巴黎世博会的最佳电影奖。

希特勒多次向里芬施塔尔献花，发出贺信和贺电，还有亲笔信。在《意志的胜利》首映结束后，他还给这位御用艺术导演亲自赠送了宝石项链。

《奥林匹亚》：身体政治

1936年，里芬施塔尔以同样的叙事风格，为在柏林举行的奥运会拍了一部更为宏伟的纪录片，叫《奥林匹亚》。

她多次自我辩护"政治上的无知",却把政治意义恰到好处地加之于远离政治的体育盛会之中,以至用纳粹精神置换为奥运精神。希特勒对《奥林匹亚》赞赏有加,首先就在于它的政治性,说:"她赋予了这部影片以我们时代的使命和命运。这部作品赞美了我们党的强壮和优美,它是独一无二的,不可比拟的。"

在政治国家中,体育场的身体是国家身体的具象化,国际间的竞赛,往往使身体服从国家理性实践的逻辑,通过与他者对峙或对决,体现国家的意志。极权主义国家尤其重视体育的这种意识形态性,纳粹了解到,像奥运会这样大型的国际赛事,正是培养民族主义的最佳手段;而且恰好可以借机展示德国战后和平崛起的形象,以掩盖其蔑视、挑战、征服文明世界的野心。

希特勒很早就出面介入奥运会的筹备工作。在了解到奥运会主会场的情况以后,当即决定建设一个就当时来说是世界上最大的体育场。宣传部门及广告公司为豪华的体育场馆宣传造势,并组织举办从古代奥林匹亚到柏林的火炬传递活动,还浇铸了一座巨大的奥林匹克钟,题词道:"我邀请全世界的青年来这里!"奥运村被称为"和平村",也以极快的速度建成,其效率举世瞩目。当时,世界各地陆续展开抗议活动,反对在德国这样一个践踏人权的专制的国家举办奥运会。内务部相应出台系列计划，制造假象，坚持在履行奥运会规则的同时对帝国大力宣传。希特勒命令通知奥委会成员、美国报业大亨舍里尔："德国将始终不渝地遵守奥林匹克宪章。"纳粹还派出代表团到处游说、承诺、贿赂，甚至对一些国家进行胁迫和恫吓。在筹备计划中，禁止演唱纳粹党的歌曲，清除所有关于反犹及其他不适当的标语口号，以免丧失其他国家对德国的信任。在首都柏林还采取严密的保安措施，对国内的政治目标，以及前来与会的外国记者、运动员、客人进行监视和跟踪，以掩饰其继续推行的扼杀民主自由的政策。

德国法西斯主义者通过各种渠道，显示自己种族理论的正确性，宣扬纳粹德国的成就，把奥运办成浅黄色头发的"超人"的凯旋仪式。在这届奥运会上，德国确实是获得奖牌总数最多的国家。当德国选手获奖时，观众当即离席起身高唱《德意志高于一切》，表现出一种宗教徒式的狂欢。德国作家格拉斯在《我的世纪》中描述了集中营里收听赛事的情景，说是其中包括反对希特勒的犯人也在同声欢呼德国运动员的胜利。纳粹意识形态宣传的成功之处，就在于把国家和政权合而为一，将"希特勒德国"等同于"德意志祖国"。祖国等于希特勒，最荒谬的逻辑成了现实。

里芬施塔尔用她的电影记录下这所有一切。她把众多竞技的镜头组接到一起的艺术意图,正是国家的意图,一般的说法,该片是由国际奥委会委托她拍摄的,事实上,最先向她提出拍片要求的是纳粹德国的体育官员,第11届奥运会组委会秘书长迪姆;至于资金,很大部分来自德国政府。而且,在摄制过程中,自始至终得到希特勒,还有宣传部的倾力支持。

很难设想,里芬施塔尔会拍出一部如她所说的"非政治性电影",虽然从奥林匹克精神出发看,体育竞赛是"非政治"的,但是纳粹政府对于这届奥运会的组织是突出政治的,何况里芬施塔尔也不无迎合的成分。她动用了比拍摄《意志的胜利》更庞大的摄影队伍,更先进的设备,如高速摄取机、水下摄影机等,加上更疯狂的干劲和更大胆的技术创新,竭力渲染运动场上的力与速度,显示德国选手的征服性和优越性;虽然也点缀般地出现黑人选手的镜头,而从整体上对其他竞争族裔的贬抑是明显的。《奥林匹亚》由《民族的节日》与《美的节日》两部影片构成,解说词却反复出现"斗争"、"征服"的字眼,有意打破节庆的、和平欢娱的气氛,而把体育处理成一种仪式化的英雄伟业。

在电影的最初版本里,希特勒出现的时间很短,仅十五分钟,但是,里芬施塔尔显然要让他成为给整个运动会定下基调的人,为了使元首的开幕式上的讲话变得更加清晰感人,她甚至不惜为放置一台录音机的事同宣传部长发生冲突。她对希特勒是崇拜的,在接受一家报纸的采访时说:"对我来说,希特勒是历史上最伟大的人。他非常朴素,而又充满男性的力量,真是一个完美无缺的人。"运动员的拼搏与群众的欢呼,都被置于这个伟大而仁慈的最高观众的凝视之下;他的阴影覆盖了整部电影,正如一位德国导演在战后指出的那样,"即使将希特勒与纳粹领导人的镜头从里芬施塔尔的奥林匹克电影中剪除,做成一个非纳粹化的版本,它仍然充满了法西斯主义的精神"。

经里芬施塔尔提议,《奥林匹亚》于1938年4月20日希特勒生日时举行首映式。这对于喜好艺术的希特勒来说,无疑是世上最珍贵的生日礼物。首映式结束后,希特勒接见了全体摄制组成员,肯定他们为影片作出的贡献,他对里芬施塔尔说:"您完成了一部杰作,世界人民将会感谢您的。"

同《意志的胜利》相比,《奥林匹亚》的声名更噪,先后获得1938年度德国电影奖和威尼斯电影节金狮奖;在欧洲各国巡回放映,受到空前的欢迎,连希特勒出现的镜头也赢来了一阵阵掌声。斯大林也给里芬施塔尔写了亲笔信,对电影表示赞赏。从上流社会到普通大众的这种毫无政治意识的观赏态度,不禁让人想起二战前期整个西方世界对纳粹德国的绥靖政策,与狼共舞,结果给人类自身带来了无可挽回的毁灭性的打击。

世纪选择:光荣与良心

霍布斯鲍姆称二十世纪为"极端的年代",而阿伦特详加论说的极权主义就产生在这个年代。对于时代中占统治地位的极端势力,是反抗呢?还是顺从、响应和拥护呢?与里芬施塔尔同时代的著名导演朗格,全然不理睬戈培尔请他出任"帝国电影总监"的提议,宁愿流亡国外,也有不少的作家艺术家选择"内心的流亡"。里芬施塔尔走的恰恰是相反的道路,追随权力的道路,"光荣"的道路。

在给纳粹拍完几部纪录片之后,四十年代初,里芬施塔尔还拍了一部故事片《低地》,据说,她在影片中使用了一群来自集中营的吉卜赛人,并因此构成罪证。当然,她在回忆录中否认了这一指控。但是在美学观念方面,无论是《低地》,还是摄影集《努巴》,她都无法掩饰,实际上,也无须掩饰与《意志的胜利》、《奥林匹亚》等影片的一致性。所以，桑塔格把她称为"第三帝国的宣传家"，把她的作品称为"迷人的法西斯主义"。

这位同为女性的美国评论家毫不客气地指出：里芬施塔尔整个四部受委托而制作的纳粹电影——无论是关于党代会、国防军，还是关于运动员——都是对身体和团体的再生礼赞，这一再生的获得，均有赖于一个具有不可抗拒的魅力的领袖的崇拜。纳粹有一个著名的公式是："一个党，一个主义，一个领袖"，其中领袖是代表性的。对于法西斯主义美学，桑塔格的定义非常清楚：它产生于对控制、屈服的行为、非凡努力以及忍受痛苦的着迷，并为之辩护。两种看似对立的状态，即狂妄和屈从都是它所宣传的。在它那里，征服与被征服的关系常常以典型的盛大庆典的形式表现出来：群众大量聚集；人变成物，可以随意倍增或复制；人群/物群集中在强权与傀儡之间的狂欢交易，等等。总之，法西斯艺术无一例外地歌颂服从，赞扬盲目，毁灭自由、个性、创造，美化死亡。

然而，里芬施塔尔直到1987年出版回忆录及1993年由德国和比利时合拍的传记影片中，都没有对她追随法西斯主义的艺术进行过反省，相反，极力加以拒绝，设法回避和掩饰。她振振有词地说："我有什么错？我没有伤害任何人，也从来没有害人的意图，如果我必须后悔的话，我后悔拍了《意志的胜利》这部纳粹片，但我不能后悔我生活在那个时代。我从来没有发表过反犹太人的言论，我也没有加入纳粹党。"她以没有入党以及未曾直接参与政治活动作为自我开脱的根据，极力把自己打扮成体制外的人，而避开她的艺术的成因，思想倾向和内含的毒素，无视这些因素对众多观众的蛊惑和损害。她要彻底撇清同政治的关系，姑不论同国家元首及宣传部的往来交易，在极权统治下，根本就没有所谓体制内外的绝对的区别，因为没有一个空间可以避免政治的干预。更不用说，她的电影本来就是与官方共谋的产物。里芬施塔尔大言不惭地说她是"独行者"、"彻底自由"的人，"关注美好的事物总是多于丑陋和疾病"等等，无非证明她至死仍然陷于英雄主义的"超人"的幻梦里，她没有面对自己内心真实的勇气。

一个艺术家以出卖良知换取的光荣，最后得到的只能是耻辱。美国人称里芬施塔尔为"堕落的电影女神"，桑塔格则称她为"唯一的一位完全吻合于纳粹时代、其作品不仅仅与第三帝国时期，而且在其垮台三十年后依然一直系统地阐明法西斯主义美学的诸多主题的重要艺术家"。她的电影，前后的价值确实已经变得大不相同。而今，光环已经褪尽，它们只是作为一种舆论学标本而存在，徒然保存着一个疯狂变性的时代的面影而已。

2007年9月30日

赫塔·米勒

赫塔·米勒：带手绢的作家

"你有手绢吗？"

——赫塔·米勒诺贝尔演说

有谁，在思想言论受到严密监控的国家里，甘愿选择写作为业？当政治寡头集团用民主的泡沫把一个专制国家掩盖起来，对外吹嘘如何稳定团结富足美好的时候，有谁敢于充当国家公敌，手持小小笔杆，试图戳破弥天的谎言？当一切已成历史，谁还坚持咬住黑暗的尾巴，竭力将罪恶拖曳到世人面前，接受正义的判决？

赫塔·米勒。

米勒出生于罗马尼亚西部巴纳特地区的尼茨基村。这是一个德裔聚居地。据说她在公开场合并未说过她是罗马尼亚人，或者德国人，而是自称为巴纳特人。显然，她对作为异乡人、边缘人的身份是敏感的。二战结束后，罗马尼亚置于共产党管治之下，巴纳特的日耳曼等少数民族，长期遭受种族主义政策的歧视和迫害。米勒的父亲在二战时曾经做过党卫军军官，母亲在二战后随同地区的大批青壮年被强迫驱往苏联劳动营，共达五年之久。这样的家庭，在极权统治下，注定走不出恐惧和屈辱的阴影。

在大学期间，米勒学习日耳曼文学和罗马尼亚文学，并开始练习写作。由于她同几位德裔青年，其中包括后来成为她的丈夫的瓦格纳一起组成文学小团体"巴纳特行动小组"，从此，秘密警察盯上了她。

她毕业后在一家制造厂任翻译。第三年，国安局找上门来，要她当"线人"，遭到她的拒绝。她说："我没有干这种事情的德性！"她为此付出的代价太大了，不但失去了工作，而且深为国安局制造的关于她是"告密者"的谣言所伤。她没有当众做出解释的权利，于是，她在绝望中拿起了笔。

对米勒来说，写作就是证词。

在很长的时间里，她找不到职业，身无分文，债台高筑，甚至每天晚上不知道吃饭该买什么充饥。其实，对于一个活在精神世界里的人来说，物质的匮缺还不是致命的威胁。她的命运已经完全攥紧在国安局的手心里了。她一直被监视，被监听，不断的骚扰，甚至制造交通事故，绑架，提审，踢打，种种心理战术，使到她根本无法忍受。她感觉到，真实的情况不会为人所知，居家时，每样东西都爬满阴影，跟踪无孔不入。这种情况一直延至被驱逐移民为止。

今年7月，米勒在《时代报》上发表文章，表达对罗马尼亚政治现状的看法，文中这样述说她往日在大街上被捕，并遭秘密审讯的情形：

在我去理发店的途中，一个警员护送我从一面薄薄的金属门走进居民礼堂的地窖。三名穿便服的男人坐在桌子前，其中身型细小、瘦骨嶙峋的是头子。他要求看我的身份证并且说："好了，你这婊子！我们又在这里碰面了！"我从没见过他。他说我与八个阿拉伯学生发生关系，以换取紧身衣和化妆品。但我根本不认识阿拉伯学生。当我这样告诉他，他回答说："如果我们要找的话，我们可以找到二十位阿拉伯学生作证。你看，那样足够开一场大型的审讯。"他反复把我的身份证扔到地上，我弯腰去捡拾，这样大约有三四十次，当我的动作渐渐变得缓慢，他瞄准我的背部一脚踢过来。从桌子尽头的门口背后，我听见女人尖叫的声音，也许那是录音带发出虐刑或强奸的声音，我希望吧。然后我被迫吞下八只煮得烂熟的鸡蛋和加了盐的青葱。我被迫跪了下来。那个瘦骨嶙峋的男人打开金属门，把我的身份证扔出去又从后面踢了我一脚。我一头跌进灌木丛后的草堆里，接着向下呕吐。我没有犹豫，拾起身份证立即飞跑回家。在街上被拉走比传召更恐怖。没有人会知道你在哪里，你会就此消失，无法再露面，或者像他们早前所威胁的，你会被拉入河里，变成一具溺死的尸体，而死因是自杀。

在一个被监控的国家里，米勒，她想到了自杀。在一篇题为《黑夜由墨水造就》的访谈里，她说她为自杀与否的问题想过很长时间。她说："我根本不想死，但是我也真的再也忍受不下去了。我曾经非常想活下去，但我完全不能按照自己的意愿活着，因为再也没有属于自己的安宁了。"

对米勒来说，写作就是在恐惧中寻求内心的安宁。

1987年，她移居德国，可是并没有从梦魇中解放出来,依然生活在早已离开的"独裁者"的领地之内。在柏林二十年,自由而喧闹的大街对于她显得那么陌生。她坦承道:"对我而言,最压迫、最令我难以忘怀的经历,便是生活在独裁时期罗马尼亚的那段时间。生活在数百里外的德国,无法抹去我过往的记忆。"她不绝地诉说着缘于极权、压迫、恐惧的生活经历,她的主题一直没有改变,致使德国人认为,尽管她身在德国,尽管她的母语是德语,她仍然是罗马尼亚人。

对米勒来说,写作就是对抗遗忘。

在德国,甚至整个西方世界,以米勒这种块根般深入地下的写作状态,不可能为更多的人们所知,所以,当瑞典学院宣布将2009年度的诺贝尔文学奖授与她的时候,会引起一片惊诧。获奖的理由,恰恰是人们所忽略的,因为她孤独;她"以诗歌的凝炼和散文的坦直,展现出无家可归者的景象"。

在罗马尼亚,她出版短篇小说集《低地》,这部处女作遭到审查机关的疯狂删减,像"箱子"这样的词也不能保留,因为容易令人联想到"逃亡"。两年后,她只好将全稿偷运到德国出版。《低地》透过小孩的眼睛,揭开罗马尼亚乡村的真实面貌。其中,农民的残忍,政权的暴虐，都是以她的成长经历为依据的。她又发表了《沉重的探戈》、《今天，如果我不想见面》、《男人是世上的大野鸡》等小说，所叙都是秘密警察、逃亡、移民、死亡，专制政体下的日常生活：强迫性，压抑，荒诞，绝望。

到了西柏林以后，她发表《赤足二月》，小说交织着战火和死亡的阴影，纳粹党卫队的形象活跃其间，作者以隐晦的形式把过去和未来连结起来，表达了个人对极权与暴力的恐惧。她接着出版小说《单腿旅人》，写一位年轻女性在国外流亡的过程，表现一种情感危机，以及对故土的怀恋。1992年，她发表《狐狸那时便是猎手》，以诗性的语言描述专制镇压的恐怖。《心兽》讲述的是四位大学生的遭遇，他们在极权统治下，找不到继续活下去的理由，或者自杀，或者被谋杀，但始终弄不清两者之间的界限，死亡本身始终不曾透露死亡的过程。最有名的，是今年8月出版的新作《呼吸钟摆》。这是一部关于劳动营的书，是她同奥斯卡·帕斯提奥等人一起寻访当年苏联的劳动营之后写作的。故事写的是二战结束时，在战争中曾与纳粹政权合作过的德国人在斯大林统治时期所受到的非人对待。在劳动营里，个人的命运为偶然所掌控，个人毫无价值可言，生命可以被随意剥夺。在法兰克福书展上，当作者谈到《呼吸钟摆》的原型，她的母亲在劳动营中的惨况时,几度哽咽落泪。

至今为止,中国大陆只翻译米勒的三个短篇,台湾翻译了她的《心兽》(《风中绿李》),如此介绍是相当寒碜的。但是,即便如此,仍然可以从中读到这位被誉为"独裁统治日常生活的女编年史作者"为我们编织的似曾相识的生活:被剥夺,被控制,被侮辱,被孤立,以及贯穿其间的无所不在的恐惧感。

恐惧来自孤独。无家可归的孤独。米勒告诉我们,即便"独裁者"暴尸街头,整个制度覆亡日久,孤独仍然抓住每一个人。这就是专制的力量。极权社会里,没有人可以摆脱孤独,孤独是人们的一种普遍的生存状态。

所有关于米勒的文字,都把她描述为一位喜欢穿黑色衣裙的瘦小的女人。在如此柔弱的躯体之内,如何可能蕴藏那么大的能量,足以对抗比她强大千万倍的独裁者及其国家?那反抗的火焰如何可能维持那么长的时间,从来不曾熄灭过?12月7日,米勒在瑞典学院演讲厅向我们揭开了其中的秘密:她带有手绢。

手绢与笔,是米勒身为弱者所持的武器。

"你有手绢吗?"

演讲这样开头。这个句子在整个演讲中被重复多遍。

或许,米勒多年来就这样不断地提醒自己,而今,她又这样反复提醒她的听众,我们中的每一个人。

演讲中,米勒说到几个同手绢有关的故事。

第一个故事,发生在米勒拒绝国安局要她做"线人"的指令之后。工厂奉命把她用的厚厚的字典清扫到走廊的地板上,安排其他人员占据她的办公室,不准她进门,实际上在迫使她离职。为了证明自己不是谣言说的那种线人,而是上班一族,她只好在身上掏出手绢,小心铺平,然后坐在上面,把字典放在膝盖上,动手翻译那些液压机器的说明书。正如她所说,她成了个"楼梯玩笑",她的办公室就是一块手绢。她说,她没有哭,她告诉自己,她必须坚强。她天天坚持这样做,直到几个星期过后被正式开除。

米勒痛恨国安局。大约因为这个机构最充分地体现了一个极权国家的本质,那种没有限界的暴力和阴谋;而且实际上,米勒也经受了它的最残暴最无耻的威胁。我们看到,除了写作,米勒很少像其他知识分子那样,对公共事务作公开表态。然而,只要事关国安局,就会看到她迅速介入的身影。2008年,柏林罗马尼亚文化学院邀请两位曾为罗马尼业国安局效力的学者作家与会,她立即发表公开信表示反对。在东西德笔会筹备合并时,鉴于东德一些作家与国安局有染,既不认罪,也不解释,她便决然退出德国笔会。她发表文章,对国安局在齐奥塞斯库政权倒台后,仍然以新的方式继续存在感到愤慨,指出40%前秘密警察仍然留在今日的国家情报部门工作,而旧日的秘密档案也仍然留在他们手中。她还指出,今日的罗马尼亚貌似改革开放,但仍与旧政权妥协,而大部分罗马尼亚人都装做失忆,或已然失忆,这是她不能容忍的。此外,她还为争取罗马尼亚当局公开她的所有秘密档案而付诸行动。

米勒的手绢,有国安局留下的她的泪痕和血渍,她用它包扎伤口。

还有一个故事,是米勒同帕斯提奥谈话打算写他的劳动营生活时,帕斯提奥告诉她的。帕斯提奥饿得半死,乞丐般去敲一位俄罗斯老人的门。老妈妈让进屋里,给他喝了热汤,看见他连鼻尖都滴下汤汁时递给他一块白手绢,一块从来不曾用过的手绢。老妈妈说,这是祝你们好运,你和我的儿子,愿你们很快能回家。她的儿子和帕斯提奥同年,也像他一样,在远离家乡的另一个劳动营里。米勒描述说,手绢有格子花纹,用丝绒精心刺绣了字母和花朵,是至美的事物,对眼前的乞丐来说,又是充满矛盾的事物:一方面绢布中深藏温暖,另方面又以精致的刺绣,像一把尺子丈量出了他堕落底层远离文明的深度。对老妈妈来说，帕斯提奥也是一种矛盾交织的事物：一个被世界抛到她屋子里来的乞丐，又是失落在世界某处的一个孩子。帕斯提奥在这位老妈妈赠送的手绢中，既感受到欣慰，又承受到一种做人的过高的要求。

帕斯提奥一直把手绢珍藏在他的行李箱中，有如一个双重儿子的双重母亲的圣物遗骨或舍利子。这条白手绢，既给他希望，也给了他恐惧。因为他知道，一个人，一旦失去希望和恐惧，就是行尸走肉。

米勒说道："自从我听到这个故事，我就一直问我自己：'你有手绢吗'这个问题是否到处都有效？它是否在冰冻与解冻之间的雪光闪耀中也能向整个世界展开？它是否也能跨越千山万水，跨越每一条边界？"

米勒的演讲是以手绢结束的。她最后说："我希望我能为所有那些被剥夺了尊严的人说一句话——一句话包含着手绢这个词。或者问这个问题：'你有手绢吗？'"

整个演讲，从开始到结束，米勒都用了同样一句话："你有手绢吗？"

手绢是微末之物，在米勒的眼中是如此伟大。她说："对我们来说，家里没有其他东西像手绢那么重要，包括我们自己。"在米勒的作品中，就多次出现手绢，或者类似手绢的布块，各种代替物。手绢的用处，确如米勒所说的无处不在，譬如擤鼻子，擦干血泪和污垢，它作条状可以包扎伤口，咬住可以抑制哭泣；湿手绢可以治疗头痛发烧，罩在头上可以抵挡烈日暴雨；打个结可以帮助记忆，绕在手上可以拎起重物；在站台前可以挥别亲友，还可以将它盖在死者脸上，成为安息之所。手绢在米勒这里，代表母爱、亲情、友谊；它是工作，是劳动，是抵抗，是保护，是疗救；它是一个人的尊严、羞耻、同情、慰藉，它把生活中及内心里最不相干的东西连结到了一起。

关于写作，米勒说，她并没有什么任务可言，只是写和她自己有关的事情，或者可以说是个人一直承载的伤痕。因此，她需要手绢。

获奖后，米勒在记者会上说她自己是所有独裁政权的目击者，就是说，她的文学世界是广大的，并不限于极权统治下的罗马尼亚。她说："你可以将纳粹政权、集中营、军事独裁和在一些伊斯兰国家的宗教独裁计算在内。很多人都遭到他们迫害，许多生命都给毁掉了。"她觉得自己是为被迫害而死的朋友，以及一切死于暴政的生命而活的。这样，她便需要许多许多手绢。

由于米勒随时带着手绢，永远带着手绢，她的作品也就具有如手绢般平静的风格。血、泪，激情和理性，都包藏在里面。这是生活自身的风格。身为女性，米勒清楚地知道，任何政治的重压都必将返回生活，人不能不过日常生活。所以，米勒描写的最沉重、最险恶的政治，都是日常生活，在手绢中依次展开。

——"你有手绢吗？"

我们的作家有旗帜，钢铁，有裸露的床单，有变戏法的手巾。就是没有手绢。

2009年12月22夜

见证：一个人的斗争史

上世纪九十年代初，我曾邀约几位翻译界的朋友，编译了俄罗斯诗人曼德施塔姆的随笔集《时代的喧嚣》，后来还出了增订版。与此同时，我在《散文与人》丛刊首次发表了娜杰日达·曼德施塔姆回忆录的断片，及后又在《记忆》和《人文随笔》丛刊上陆续选发过多章。我的手头握有万宁先生的部分译稿，一直希望出版，惟因多次联系版权未果而终至放弃。因此，及见刘文飞先生新译《曼德施塔姆夫人回忆录》面世，不觉有一种邂逅故人般的惊喜！

大凡经历过"文革"的中国人，对于本书，我想都会像我一样渴望阅读，并且能够作出同情的理解。比较之下，我们可以知道，迄今为止关于文革一类著述是何等的

娜杰日达·曼德施塔姆

苍白乏力,与"史无前例"的时代是很不相称的。

曼德施塔姆夫人的回忆录共有三部,目前出版的中译本是第一部,也是最有份量的一部。第一部主要回忆曼德施塔姆于1934年至1938年两次被捕期间两人的共同生活,其中不曾涉及堪称中心的政治事件,只是将曼德施塔姆的诗歌写作与死亡过程作为主要线索,把众多日常生活和社会生活的碎片连缀起来。但是,这是一幅巨大的镶嵌画,其中不但有高级官员,有知识分子,还有众多有名和无名的小人物穿插其间,展现出一个畸变的社会结构的复杂而又单一的网络;他们的行动和活动,体现着一个极权国家的实质。视界开阔,结构宏伟,显示出惟俄罗斯妇女所特有的男性气魄。全书以叙述为主,间发议论,其深刻的批判性,也都非常富于男性气质。这些被称为"文学政论"式的文字并非出自理论的推演,乃是根源于个人的生存经验,对周围生活的观察与沉思,因此又不失女性的特有的切实、细致、精确的感受力。

1958年,正值曼德施塔姆去世二十周年之际,遗孀娜杰日达在莫斯科远郊的一个小镇上开始回忆录的写作。其时,中国的反右运动刚刚结束。回忆录最早发表于赫鲁晓夫时代最大胆的地下文学刊物《塔鲁萨之页》上,1970年在纽约公开出版。那时,中国的红卫兵运动和欧美的学生运动同时退潮。直至1995年，回忆录才在俄罗斯本土面世。而此时，苏联已经荡然无存，而曼德施塔姆夫人也已去世十五年，无从目睹这具长期威吓她的庞然大物的覆亡了。

一个充满革命性的诗人为革命所捕杀

曼德施塔姆是俄国的白银时代阿克梅诗派的代表性诗人。继同派诗人古米廖夫之后，他从十月革命的遗孤变做了斯大林主义的牺牲品。

1918年，曼德施塔姆与契卡特工发生冲突，被迫前往克里米亚和高加索等地，还曾先后被红、白双方的军队逮捕，二十年代初始返莫斯科。1933年，他写了一首据说是影射斯大林的诗，次年又开罪于当时苏联文坛的重要人物阿·托尔斯泰，于1934年5月被捕，判处三年流放。在流放地切尔登，他曾自杀未遂，后改为流放沃罗涅日。1937年5月，他结束流亡生活返回莫斯科；次年再次被捕，并流放至苏联远东地区，年底死于海参崴附近的集中营。

在一个极权政体中，曼德施塔姆注定找不到自己的位置，而且必死无疑。娜杰日达这样说：''为捍卫诗人的社会尊严而斗争，为捍卫诗人的说话权利和坚持自我立场的权利而斗争，这或许就决定了奥·曼整个生活和写作的一个基本倾向。"但是，在国家垄断了话语权的地方，这样的人"就不是一个正常人，而是旧时代的有害产物，文学中的多余人"。

布罗茨基认为，曼德施塔姆的诗歌美学本身就是叛逆的，因此"那把旨在对整个俄国进行精神阉割的铁扫帚才不可能放过他。"事实上，曼德施塔姆是倾向革命的，当然这是"以大写字母开头的革命"，真正意义上的革命。娜杰日达不愧为曼德施塔姆的精神伴侣，她在书中特别强调指出："他那些远道朋友没有看出他身上的革命性，把他的生活看得过于简单，忽视了他的一条思想主线。如果没有这种革命性，他或许便不会介入事件的进程，不会用价值标准去衡量这一进程。完全的否定能给人以苟且偷生、随机应变的能力。曼德施塔姆却不善此道，他的生活一如其同时代人，而且同样抵达了这种生活的逻辑结局。"曼德施塔姆确认他的"平民知识分子身份"，对革命的拯救力量和重建力量的信赖是非常自然的。可是，当因革命而崛起的新政权蜕变成为"特殊的强权世界"，众多文学团体和作家成为"新世界"的拥护者而纷纷加入齐声合唱时，他不能不起而揭露"血腥的土地"之上的现实，抨击"官方文学"。从本质上说，这正是他的革命性所在。然而知识分子是脆弱的，他也有犹疑退缩惊慌失措的时候，娜杰日达在回忆录中特别列举了他一度撰文批判阿赫玛托娃——"他惟一可能的盟友"——的例子。然而，他毕竟是"文明之子"。在一场场的政治运动，为消灭富农运动、叶若夫恐怖时期，以及战后的种种措施中，他很快恢复了视力，深知自己为何孤身一人，珍重自己的孤立而坚持与时代相对峙。结果，一个充满革命性的诗人为革命所捕杀。

曼德施塔姆一生中的最后几年受尽折磨。根据"十二城之外"的判决，有十二座城市不对他开放；三年过后，失去七十多座城市的居住权，接着全部失去。流放期间，由于失去工作，他们夫妇俩过的是一种近乎乞讨的生活。在监狱里，他被关进单人囚室，遭到毒打，强光灯照射眼睛，剥夺睡眠，还要接受多种虐待，如给吃咸东西而不给水喝，穿"拘束衣"等等。他身体羸弱多病，哮喘病、心脏病都得不到治疗，后来还得了精神疾患。单人囚禁是容易得精神病的，据我所知，在中国，王实味、胡风、林昭，直到张志新都是如此。后来胡风在关押期间，官方让梅志也像娜杰日达那样随夫生活，这种待遇在文革时期应当算是优容的了。

所谓"隔离"，不仅限于活动空间，还包括思想空间在内。三十年代的苏联文学界本来已经是万喙息响，没有交流和争论；像曼德施塔姆这样的流放犯人居然要享受思想自由，岂非白日作梦。娜杰日达大约深受曼德施塔姆的影响，也把精神需求看得同物质一样重要，书中在提到曼德施塔姆极力搜求别尔嘉耶夫和其他几位同时代人的著作而一无所获时，她说："不幸的是，被孤立的我们与各种思想均失去了联系。这是一个人所能遭遇的最大不幸之一。"

每个人都将成为原子式的个人，如果有条件活着的话。曼德施塔姆的境遇在知识分子中可谓典型。书中报告说："命运总是如此：奥·曼可以与之交谈的每一个人最终都难逃厄运。"接着总结道，"这意味着，新型知识分子在新的强权世界中仍无地位。"

国家的亚述性质：监控、镇压与恐怖

1987年，曼德施塔姆被彻底平反；1991年曼德施塔姆诞辰100周年被定为"曼德施塔姆年"。但是，所有这些，无论对于曼德施塔姆或是其夫人来说，都已经失去了意义。对于这个体制的受害人来说，如何作出赔偿确实成为一个问题。然而，娜杰日达在回忆录中从来不曾鸣冤叫

屈，因为事情在她那里只有善恶之分；如果说她有所希望，无非是在曼德施塔姆生前如何免受刑罚，而不是在身后恢复名誉。在中国，经过"肃反"、"反右"和"文革"等多次政治运动，曾受迫害的知识分子则是习惯于使用"冤假错案"一类字眼。娜杰日达不是这样。

对于曼德施塔姆的个人遭遇，娜杰日达从一开始就认为是政治体制以及立足于阶级斗争的各种政策造成的，因此是无可避免的。曼德施塔姆本人持同样的看法。虽然作为一个"等待者"，天性中有着天真、轻信的方面，但是，在政治上仍然有他清醒和独到的地方。娜杰日达在回忆录中说，曼德施塔姆首次发现苏联国家的亚述本质。他是将亚述和古代埃及当作与人敌对的生活结构的例证来看待的，就是说，这样的国家只是利用人作武器和工具，齿轮和螺丝钉，而不是为了人，不把人当人。回忆录又说，当时最使他感到不安的就是政党组织，他认为，政党就是教会的翻版，只是没有上帝而已。"社会主义国家形式的宏大并未让他眼花缭乱，反而令他心生恐惧。"他在1937年初写给丘科夫斯基的信中说："我的一切都遭到剥夺：我生活的权利，工作的权利，治疗的权利。我被当成一只狗、一只劣等狗……我是一个影子。我不存在。我只有死的权利。"他确信，他始终逃不掉国家的镇压。无论在流放的途中,还是暂时恢复了自由,这种死亡的预感都在纠缠着他。

按照阶级斗争的理论,早在1917年开始,就把人划分为两种:"自己人"和"异己者"。当时,就有了"异己分子"的称谓;后来又出现"坏分子"一词,范围更广泛,什么问题都可以算在他们头上。中国在五十年代有"五类分子"一说,其中就有"坏分子",而"右派分子"作为一种政治特产是后来才加上去的。我还看到另外一说,说"坏分子"一词出现更晚。不过,今天看来,这类考据学已经无足轻重了。

谁的人?敌人还是朋友?这是革命的首要问题。回忆录说,如果是"自己人",就会获得保护、纵容和奖赏,而"异己者"将被根除。曼德施塔姆不能留在莫斯科的理由,就因为有"前科"。回忆录说,前科是一个纯粹的苏联概念,前科就是一个烙印,终生背着它的不仅是被判刑的人,而且还有他们的家属。其实说前科惟苏联所特有是不确的,在中国,它相当于"文革"前的"历史问题"一词。在文革,我们看见那些被批斗、游街的人,脖子上挂的牌子就有"历史反革命",以区别"现行反革命",这就是前科。回忆录又说,为了掩盖前科,人们往往尽可能地为自己杜撰虚假的履历。但是,曼德施塔姆写作反动诗的手稿已经进入档案室的"卷宗",而这个喜欢喧闹的人,又把据说讽刺斯大林的诗篇向多达十四个人朗诵过,"人证"自然也就有了。

"阶级斗争"被弄得非常诡谲,形势瞬息万变。所谓"自己人"并非世袭,也并非终身,甚至有可能在转眼之间跌入"异己者"的范围。苏联最高国民经济委员会委员布哈林曾经出面减轻对曼德施塔姆的惩罚,但本人很快便变为"人民的敌人"而遭到处决。这种剧变倒过来又影响了曼德施塔姆,他最后一次被捕,罪状之一就因为在抄布哈林的家时抄出了他写给布哈林的信和他亲笔签名的赠书。

关于苏联的肃反,一般把时间定在1937年,其实早在二十年代初即已开始。恐怖的氛围笼罩全国,进入每个家庭,占据着每个人的大脑和心灵。可以说《曼德施塔姆夫人回忆录》整部书都在述说恐怖。对于一个极权国家来说,恐怖乃是其政治文化、道德和社会心理的最富于特征性的概括。"我们全都是羔羊,任人宰割,或者甘为刽子手毕恭毕敬的助手,因为我们不愿步入羊群。"娜杰日达说,"意识到自己孤立无助,力量和意志均受束缚,这种感受控制着每个人,既包括被杀者也包括杀人者,无一例外。我们为体制所压迫,我们每个人都曾以不同方式参与建造这一体制，可我们结果甚至无力作为消极抵抗。我们的服从使那些积极为这一体制效劳的人能够为所欲为，一个罪恶的空间得以形成。"这样的生活空间让他们成了"准地下工作者"，见面小声说话，警惕地盯着四壁，看有无邻居窃听，或有没有安装窃听器。所有人互相监视，彼此均不信任，他们不得不怀疑每一位朋友都可能是告密者。任何一个单位，尤其在高校，都有国安系统的人。这些人还在不断发展外围势力，培植职业告密者，大学生受命监视教师是平常的事。即使在家庭里也不见得安全，不可能始终不戴面具；自家的熟人同样要反复掂量，从中寻找"地下工作者"、告密者和叛徒。在回忆录里，整个国家似乎患上了"侦查狂躁症"，每个阶层都感染了不同的"恐怖病"。体验恐惧，成了同时代人最可怕的刑罚之一。

娜杰日达发现，无论曼德施塔姆和她走到哪里，身后总有盯梢的人。为了摆脱困境，他们不能不到处"找人"，即我们惯称的"走后门"。虽然也有极个别的朋友施以援手，但是更多的时候是两手空空。在一个告密成风的社会里，人们为了保全自己，避之惟恐不速也就不难理解了。

回忆录写道："大恐怖就是一种恐怖行动。为了让整个国家陷入一种持续不断的恐怖状态,就需要让牺牲者的人数达到一个天文数字,就要在每个楼道里都清除几个人家。在被铁帚扫过的家庭、街道和城市里的剩余住户,一直到死都会甘做模范公民。"要做"模范",就得顺从,不反抗,不添乱。书中说,自1937年以后,人们实际上已经停止互相见面了,当局成功地削弱了人们之间的联系,整个社会被割裂开来,所有人只会躲进自己的角落沉默不语,惟其如此,统治者的特权才得以持续不变。

知识分子"普遍投降"

极权主义体制把领袖推到一个绝对的高度,君临一切。在纳粹德国,有一个流行的口号是:"一个主义,一个政党,一个领袖。"在苏联,斯大林代表党,党代表人民,这是天经地义,无庸置疑的。娜杰日达在回忆录中指出,统治者及其集团不允许任何人觊觎他们的权力,介入他们的事情,不允许任何人拥有自己的判断。这个体制需要借助一元的、严酷的社会秩序和纪律来实现统治者的政治意图,而基础则是对权威人物的绝对服从。

娜杰日达把自由思想称为"人道主义最钟爱的孩子",由于它对权威构成威胁,因此必然变成"新思想"

的牺牲品。所谓"新思想",即是新型的国家意识形态。它自称拥有绝对真理,为政党和领袖的政治思想垄断行为辩护,把人为的阶级斗争和政治运动,把日常化的批斗、审查、关押、流放以至肉体消灭等论证为社会稳定的需要,美化恐怖统治。据说全国已经进入一个新时期,它鼓吹所有人要做的,就是服从历史的必然性。娜杰日达多次揭露"历史决定论"的危害性,认为它使人们丧失个人意志和自由判断,进入被催眠的状态,它表明这个国家中的一切将永远不会改变。不可思议的是,人们对此竟也信以为真,自动作出响应,有如共同犯罪那样连结为一个整体:名声不好的人、被拉下水的人和被吓破了胆的人,总之受到伤害的人越多,体制的拥护者便越多,他们同那些既得利益者一样,都希望这个体制能延续数千年。

相反,娜杰日达一直希望改变体制,这也正是她给赫鲁晓夫以较高评价的原因,因为他实行了人道主义的改革,虽然是有限度的改革。她看到,最高层常常更替,"脸黑的"销声匿迹,"脸白的"取而代之,随着名字的更换,整个生活方式和管理风格已然发生变化,但是仍有"某种东西"把所有这些阶段连结到一起。而这种东西,正是现行体制所以维持不变的本质。

知识分子本来是价值观念的立法者和阐释者,而今已为国家意识形态部门所取代。迫于新的形势，知识分子不能不对价值体系进行反复评估。书中多次使用"价值重估"一词。它包含两种完全不同的意义，或者向善，或者作恶；或者有所发展，或者转向自我毁灭。娜杰日达对革命前后的青年知识分子抱有好感，大约因为他们怀有单纯的革命动机，是理想主义的一代；自三十年代起直到斯大林去世，这些知识分子继续干着同样的事情，但是动机已全然不同，不是企图攫取实际的好处，得到奖赏，就是因为恐惧。他指出，这是知识分子"普遍投降"的时期。对此，她表示无法知道，他们在未来的考验中能否恢复独立性，能否坚守并捍卫真正的价值。

为什么知识分子会普遍投降呢？回忆录写道："使所有人在心理上趋于投降的原因即害怕陷入孤独，害怕置身于一致的运动之外，甘愿接受那种可运用于一切生活领域的所谓完整、有机的世界观，相信眼下的胜利坚不可摧，相信胜利者会永坐江山。但最主要的一点，还在于这些投降主义者内心的一无所有。"失去良知，缺乏信仰，没有责任感。知识分子只要失去批判的意识和能力，就将助长现代专制主义的肆虐。

由于曼德施塔姆的关系，娜杰日达对苏联作家的生活及精神状态特别熟悉。她观察所得的结论是："就其疯狂和堕落而言，作家有时胜过所有人。"她对高尔基似乎没有什么好感。高尔基位高权重，我在别的书刊中看到过他营救其他作家的材料，但他并没有帮助曼德施塔姆，反应冷漠，甚至充满敌意。书中有一个细节说，三十年代物质困难，发给作家的购买凭证由高尔基核准。有人去求高尔基卖给曼德施塔姆一条裤子和一件毛衣，高尔基划掉"裤子"二字，说："没裤子也能行……"法捷耶夫自杀后，其国内似乎颇有争议，因为他在遗嘱中对过往的表现作了忏悔。可是，在娜杰日达笔下，法捷耶夫是一个十足的两面派人物。她用了"同谋"整整一章记叙与法捷耶夫的两次会面，见证朋友对他的印象：既冷酷又易动感情。这个苏联作协的权力人物，可以一面对作家报以亲吻和含泪道别，一面又批准对他们的逮捕和极刑。曼德施塔姆被捕之后，帕斯捷尔纳克是除了阿赫玛托娃以外惟一的一个到家探望娜杰日达的人。他曾为解救曼德施塔姆向斯大林求情，但是非常胆怯，电话中不敢正面承认与曼德施塔姆的"友谊"，也不敢充分肯定曼德施塔姆的诗歌成就。曼德施塔姆虽然朋友不少，但是除了募集有限的一点钱物之外，于自身命运的改变并没有实质性的帮助。在作家同行中，对曼德施塔姆施行试探，告密，骗取手稿，以及其他各种卑鄙手段者却大不乏人。曼德施塔姆最后一次被捕，同样出于同行的叛卖；他想不到所求助的斯塔夫斯基会诬告他，将密信直达内务人民委员叶若夫那里，让他永劫不复。

这就是文学界的现状。所以，后来当有评论吹嘘阿谢耶夫、柯切托夫等人如何同个人崇拜作斗争时，娜杰日达则予以坚决反驳。要知道，任何有关知识分子的神话，都是对现存秩序的美化。她说："我可以作证说，我的熟人中没有一个人进行过斗争，人们只不过是在竭力躲藏起来。那些没有失去良心的人正是这么做的。要想这么做，也需要真正的勇气。"1956年，苏共二十大刚刚开过，娜杰日达在时隔二十年之后走进作协大楼，去见苏尔科夫。她说苏尔科夫愉快地接待了她，同时她发现，周围许多人都认为对历史的反思会相当深入。对此，她批评说："乐观主义者们没有考虑到由斯大林体制预先埋下的那根弹簧所具有的力量，即旧体制罪行的大批参与者们的合力抵抗。"她使用"弹簧"的出色比喻，意思是说，改革随时可能反弹回来。

作为非常时代的幸存者，娜杰日达对整个知识界的态度是悲观的，甚至是取消主义式的。她说："知识分子阶层的任何一个特征都并非他们独有，它同时也属于其他社会阶层，比如特定的受教育程度、批评思维以及随之而来的忧患意识、思想自由、良心、人道主义……这些特征如今显得尤为重要，因为我们已经目睹，随着这些特征的消灭，知识分子阶层自身也将不复存在。"

记忆与保存：一个人的战争

二十世纪是一个死亡的世纪。除了毁灭肉体生命之外，还掩埋了大量的历史真实，扼杀了正常的思维，无数富于真理性的精神创造。记录和思考原本是知识分子的事，但是都被他们放弃了，遗下的是一个"聋哑和失语的时代"。就在知识分子风从草偃的地方，娜杰日达，这个被布罗茨基称为"世纪的女儿"站了起来。继十二月党人的妻子们之后，继苏菲亚们之后，她主动承担起一个记录者、见证者、思想者，一个独立知识分子的角色。

在跟随曼德施塔姆流放的四年间，娜杰日达四出奔走，进出警察局，打零工，向朋友"乞讨"，照顾丈夫的生活和疾病，处理一切日常事务。其间，还有一个至为重要的工作，就是极力摆脱"一种自然的毁灭力量"，千方百计保存曼德施塔姆的诗。这时，诗成了危险品。除了仔细照看诗人的手稿之外，她还得亲手抄写几遍，然后将不同的抄本缝进枕头，藏进砂锅和皮鞋里，以防抄家，或者分送给朋友收藏。由于担心纸稿被抄走,保管者们在恐慌时刻把诗稿扔进火炉,记忆就成了她的一个附加的保存手段。她把曼德施塔姆的所有诗作都背了下来,《第四篇散文》就倒背如流;在纺织厂值夜班的时候,她一边照看机器一边背诵诗句。曼德施塔姆的大部分作品,就靠着娜杰日达如此顽强的意志和韧长的努力保留了下来。在回忆录中,她自豪地表示说:"这便是我的斗争史。"

曼德施塔姆是一位伟大的诗人,他不但属于俄罗斯,而且属于全人类。他的诗,是现代世界文化最优秀的部分;而他的遭遇作为重要个案,已然进入苏联历史,成为其中摧人心魂的一章。娜杰日达对曼德施塔姆及其作品的意义有着充分的认识,就是说,她致力于记忆和保存的工作,就不仅仅为了曼德施塔姆,正如她所说:"我有表达意愿的权利,因为我一生都在捍卫一位逝去诗人的那份诗作和散文。我并非履行一位遗孀和女继承人的庸俗权利,而是一位黑暗岁月的同志所拥有的权利。"

所谓"庸俗权利",就是把自己局限于个人温情的泥沼里。娜杰日达已自觉超越私人范围而及于全社会黑暗的暴露和审视,从而使回忆录具有一种崇高的品格。首先要记住,咬紧,狠狠地咀嚼,然后倾吐出来!她说人在痛苦时必须大声嚎叫,决不能沉默,而沉默是"真正的反人类罪行"。

记忆和保存是一场战争,长久的战争,始终没有援军的一个人的战争。当对手为极权主义的国家体系,面临的是秘密警察和意识形态的强大而严密的包围,一个人容易失去坚持的勇气。所以,娜杰日达说她害怕在步入未来时会失去历史见证人的陪伴,因为她发现,"无论是在集中营内部还是铁丝网外面,我们全都失去了记忆"。但是,她也同时发现仍然存在另外一些人,他们自一开始便决心保全性命,以使自己完成作为见证人的使命。她赞美说:"他们是真理的无情捍卫者,他们被无数的苦役犯所淹没,但是坚忍不拔。"

但当对手转换为后极权主义国家,控制相对松弛,恐怖有所淡化,这时,同样存在丧失记忆的危险。究其原因,未必完全是勇气问题,也有可能来自历史的惰性和虚无主义倾向。娜杰日达写作回忆录时,非斯大林化时期已经开启,她指出,学校教育仍然停滞在斯大林时代。"最可怕的是,我们的学校提供的是一种不完整的教育,而在教育程度不高的人群中总是更容易滋生出法西斯主义、低级民族主义乃至对一切知识分子的仇恨。"她说,"我们给他们的是斯大林式的教育,他们获得的是斯大林式的证书。因此,他们自然要捍卫那张证书带给他们的种种特权,否则他们便无路可走"。显然,斯大林时代的遗产已经构成国家资源的重要部分。她关注青年一代在新时期的变化,特别是精神状态和道德立场,指出他们对历史不是一无所知,就是没有兴趣,或者根本无法理解,竟至于跟统治者一样力求稳定,害怕变动。她说:"他们的理想,就是一辈子静静地坐在计算机前,从不思考他们的计算有什么用。他们说:'千万别再闹革命了……'"一个被异化了的"革命"弄得家破人亡流离失所的人,对革命依然怀抱敬畏之心,而毫无"告别"之意。这种对革命的态度,老实说,是我私下对作者最为敬服的地方。

我接触到的有关苏联的个人回忆录不下几十种,这些书基本上分为两类,一类作者是政治家,写的是政治和政治人,如《赫鲁晓夫回忆录》、雅科夫列夫的《雾霭》;一类是文艺家所撰,内容是文化和文化人,如爱伦堡的《人·岁月·生活》,像《曼德施塔姆夫人回忆录》这样的很少,作者是普通妇女,而写的是与她和曼德施塔姆生死攸关的苏联的全部现实,包括政治、文化与社会,包括政治人、文化人和普通人,众多底层人、边缘人、流放犯与苦役犯。是政治恐怖抹去了所有人物的身份,所有生活的形相,而呈现为清一色的可怕的大黑暗。这是一部"黑夜史"。如鲁迅所形容的,由于作者"有听夜的耳朵和看夜的眼睛,自在暗中,看一切暗",所以,在《回忆录》中,能剥去掩饰的面具和衣装,揭示隐藏的真实,能把穿透黑暗的信念、意志和光明的希望——哪怕是微茫的希望——传递给世上所有需要的人们。

2013年10月25日

茨维塔耶娃

墓地的红草莓

> 我和我的世纪失之交臂。
>
> ——茨维塔耶娃

在没有火炉的冬夜,我读着一部关于自杀的女诗人的回忆录。茨维塔耶娃。于纸页掀动间,世界突然变得疏远起来;祖国,革命,爱情和诗篇,宛如空中飘忽的轻烟。生命实在然而脆弱,使我一再想起帕斯卡的比喻:会思想的芦苇。

请你为自己折一茎野草
再摘一颗草莓
没有哪里的果子

比墓地的草莓更大，更甜美……

"我是一个完全被遗弃的人。"茨维塔耶娃说。

当大门已经关闭，当恐怖降临，当所有的呼喊无用，这时，诗人只好在内心制造出另一个自己来，仿佛从此便有了彼此间的问候，倾诉，抚摸，以及种种赠予。如果不是这样，凭谁可以拯救自身于深处的孤独？

为自己！在现代话语世界中，有关"自己"的使用太频繁了，因此，便容易忽略它固有的庄严的悲剧的意义；直到侧身经过这诗行，它才象雷电一般倏然击中了我，以惨白的亮光，照见眼前长久地伏处黑暗之中的事物。其实，只有当精神的伤势严重时，一个人才能真正感知自己的存在。

茨维塔耶娃从小就惯于同自己来往了。

因为母亲的疾病，她随同全家漂泊异国，在动荡不安中尝试被抛的风味。命运的神秘力量令人惊异。数年之后，因为丈夫的政治性病痛，她又携同女儿离开俄罗斯祖国，远赴布拉格，然后卜居白俄分子麇集的巴黎。

作为一个白军军官的妻子，沉醉于纯净的古典风格的诗人，她的到来，立刻激起了一批敌视十月革命的流亡诗人的兴奋，随即陷入他们的簇拥之中。他们出版她的诗集，为她鼓吹；可是不用多久，就从她的诗篇嗅出某种异样的气味来了。在伏尔泰咖啡馆举行的马雅可夫斯基诗歌朗诵会上，有记者问她："关于俄罗斯，您有什么话要说？"她回答说："那里有力量。"一句话，顷刻把她同一样来自故国的往日的朋友划分为两个世界。

她成了一个孤岛。

侨民作家转而攻击她，他们不能容忍她对失去的乐园的叛卖。这样，依靠写作为生的道路被切断了。整个家庭，没有任何的生活资料，四口人全靠她和女儿编织帽子，一天挣五个法郎维持生计。她说："在这里，我遭到了残忍的侮辱，人们嘲弄我的骄傲、我的贫困和我的无权。"她因无力改变这种境遇而深感痛苦。

可是，对于一个执著而高傲的女性，这个世界同样无力改变她。"那里有力量。"她这样说，并非出于外交场合的需要，而是内心的爱，因为过于弥满而在偶尔的触动间而荡溢出来。她那样向往俄罗斯，甚至可以说，惟其遭受孤立和打击，新生的祖国，才成了她的信仰，她的星光。她表白说："我不是为这里写作，而是为了那里语言相通的人。"这里那里，此时成了她经常使用的特定的语词：一个代表现在，一个代表过去与未来。恰如挂钟的垂摆,她不能不左右荡动于两个世界之间;然而那时针,却始终指示着既定的方向。俄罗斯成了她的情感的源泉。她汲取,浇灌着自己以及幼小的一代:"我的儿子,回家去吧","回到自己的家园","回到没有我们的祖国去!"……

> 你呵!我就是断了这只手臂
> 哪怕一双!我也要用嘴唇着墨
> 写在断头台上:令我肝肠寸断的土地
> 我的骄傲呵,我的祖国!

四十七岁那年,紧随着女儿和丈夫之后,诗人带着十四岁的儿子小穆尔,终于回到了阔别十七岁的俄罗斯,命中的俄罗斯。

对诗人来说,革命成了预设的陷阱。

回国之后才两个月,她的女儿和丈夫先后被捕,他们都是因为忠诚于革命而被戴上反革命的罪名的。从此,她长期奔走于营救然而无望的途中。那时候,大规模的肃反运动已经开始。多少政治家,军人,知识分子,为理想所激荡过的人们,昨天还在为苏维埃作忘我的战斗,今天便成了苏维埃的敌人:监视,囚禁,流放,公开的或者秘密的处决。诗人的丈夫,就是被抓之后不久暗暗死掉的。告密,诬陷,人头买卖,成了官方鼓励的行业,绑架和失踪,到后来也因为大量发生而不复成为新闻。茨维塔耶娃。这个被称为亚马孙式的诗人,此时已经全然失去当年的英迈之气;她以十分凄苦的笔调,在日记中写道:"人家都认为我勇敢。我不知道有谁比我更胆小。我什么都怕。怕眼睛,怕黑暗,怕脚步声,而最怕的是自己,自己的头脑……没有人看得见没有人知道,已经有一年了(大约),我的目光在寻找钩子……活到头才能嚼完那苦涩的艾蒿……"

很早以前,死亡就开始诱惑她了。她曾不只一次地写过遗嘱。这里那里,红草莓!她一再地选择墓地,难道真的出于天性的喜欢吗?

广袤的俄罗斯国土,没有一个人的栖身之地。当诗人归来寻找从前的旧房子时,那里早已拆为一片废墟,只留下孤单的老白杨,萧索的风声与片断的追忆。她向作协负责人法捷耶夫求告,回答是:一平方米的地方也没有。

风呵,风呵,我的忠实的见证人
请告诉亲爱的人们:

每夜在梦中，我走着

从北到南的路程……

她回来了，那么艰难地跋涉归来，可仍然在流浪。梦中的故园。她把莫斯科连同自己贡献出来了，反而遭到另一场无边界、无终期的放逐。几年间，她找不到一份像样的工作。后来，战争发生了。由于德国军队进逼莫斯科，她带领小穆尔，随大批居民疏散到一个偏僻的小城叶拉布加；为了糊口，又随即返回莫斯科，要求作协在迁往叶拉布加的基金会开设的餐厅里给她一个洗碗工的位置，而结果，仍然遭到拒绝。

剩下的唯有诗篇了。她写，发疯似的写，没有任何力量可以逼使她停下来。没有朋友，没有读者，没有社交，没有爱护和同情，连一手抚养成人的小穆尔也瞧不起她，最后竟头也不回地离她而去。面对一个无动于衷的世界，除了沉思，叹息，呼告和哭泣于绵绵无尽的诗行，她将如何安顿自己？

然而，这个六岁便开始写诗的诗人，这个刚满十八岁便出版了第一部诗集的诗人，这个热爱诗歌甚于热爱生命的诗人，回国之后，只公开发表过一首诗，而且是旧作。

苏维埃政权通过作协把所有的作家和诗人控制起来

了。所有的出版机构，所有的报刊书籍，都听命于一个声音。其实，革命本来就意味着强制和统一。哈姆雷特的问题成了人们永远面临的问题：生抑或死？曼杰施坦姆是一种死法，叶赛宁和马雅可夫斯基是另一种死法。至于活着，就必须献出颂歌，连真诚的高尔基也不能保持缄默。无从捉摸的意识形态，借助权力工具而钉子般楔入所有的文化区域：机构，会议，大脑和各种文本。凡寄希望于生存的作家，几乎都无师自通地学会自我调节，以使文字在到达审查机关之前，绝不包含易燃的成分；然后，通过出版，评奖，授勋，形成范式和风气并加以强化，从而彻底排除了个人。

茨维塔耶娃问自己："在这个小心翼翼的世界中，我对我过分的感情激动该怎么办呢？"

> 我拒绝在别德拉姆
> 作非人的蠢物
> 我拒绝生存
> 我拒绝和广场的狼
> 一同嚎叫

她可以对国外的法西斯势力表示愤怒，可是，她能够抗议国内的无所不在的恐怖势力吗？自从走出白俄分子的包围，她一直是苏维埃政权的热烈的拥护者，如今，站在自己的国土上，竟不能抒发国家主人翁的情感了。当她告别了早期的诗风以后，就一直雄心勃勃地试图超越普希金，建立自己的自由辽阔的诗歌王国；的确，这是一个富于激情力量的诗人，她的诗经常裹挟着一股猛烈的风暴，闪耀着电火，发出霹雳般炸裂的声音。但是，如果不是为了歌颂，这种危险的抒情风格还有保持的必要吗？社会已经不容关注，如果不退回到内心深处的堡垒，那比彼得—保罗要塞还要坚固安全的堡垒，她还能到哪里去？……

在即将动身离开巴黎，返回祖国的前夕，诗人对一个朋友说："我在这里是多余的人，到那里去也是不堪设想的；在这里我没有读者；在那里，尽管可能有成千上万个读者，但我也不能自由呼吸；也就是说，我不能创作和出版诗集……"

敏感的诗人，多虑的诗人，她成了先知了！

一切家园我都感到陌生
一切神殿对我都无足轻重
一切我都无所谓

一切我都不在乎

　　这里那里。几十年的辗转奔逐，寥廓的地域和时间都不可能改变一些什么吗？据说，革命是在一种普遍的意义上带来人类的进步和幸福的，难道就不能适用于具体个人？茨维塔耶娃。她已经一无所有。在一个号称无产阶级专政的国度里，难道连极有限的一点给予，也不能留给自己的同志？

　　她死了。终于死了。她是把高傲的头颅和正直的颈项伸向亲手编就的绳套里结束自己的，在陌生的叶拉布加。最后一份遗嘱写的是："小穆尔！原谅我，然而越往后就会越糟。我病得很重，这已经不是我了……我无法再活下去了……我已经陷入绝境。"

　　这是祖国给予公民的唯一权利。

　　她使用了这个权利。

　　关于马雅可夫斯基的死，茨维塔耶娃这样说："作为一个人而活，作为一个诗人而死。"关于她的死，爱伦堡认为可以换一个说法，就是："作为一个诗人而活，作为一个人而死。"确实，她以一个人的死，护卫了一个诗人的尊严。

假如，命运是一种选择，那么只要不是固守素性的偏执与孤傲，学会迎合时势，哪怕甘居平庸，她的一生也许不至于如此惨淡。当然，在一个玉石俱焚的社会里，所有这些为她而作的设想未免过于天真；但是，即使因为禁锢的疏忽而留下可能死里逃生的缺口，也将由她先行堵塞了。当全体人民处于危难之中，她并不冀图侥幸得救；这时，任何的个人荣耀，在她看来都是以肮脏的交易换取的。她不愿意出卖自己。她要过内心真实的生活。

对于生活在内心的人，事实证明，是不可能彻底战胜的。茨维塔耶娃在赢来不幸的同时赢得了诗歌。虽然在长达三十年的时间里，她的名字在国内已无人提起，但当自由的白昼临近，人性和美感一同开放，她的诗篇便铮然飞起，向着人们的集居地，如同大队大队无畏的鸽群……

  当我停止呼吸一个世纪以后，
  你将来到人间。
  已经死去的我，将从黄泉深处
  用自己的手给你写下诗篇：
  朋友！不要把我寻找！时代已经变了！
  甚至老人也不能把我记起……

多少领袖群伦的人物机关用尽,都为名垂青史;而这位诗人,却藐视身后的种种"哀荣"。生是美好的。如果允许重新选择,她定当一千次地选择生;但是,如果生而斫丧自己,生而远避同类,生而向权势集团和世俗社会行乞,那么对她来说,死仍然是必要的。因为此时的死,乃是人生唯一的一次独立而自由的选择,是更庄严、更顽强、更伟大的生。

红草莓!多么硕大!多么甜美!当它径自选择了墓地,便无法说清:它是在点缀死亡,抑或傲对死亡……

1996年1月-2月

柴可夫斯基

梅克夫人

最后的迷失

天性忧郁的人都憎厌人群,但是,无论如何总得寻找一个人。仅仅一个人,这也就够了。悬崖上的孤松,多么向往柔润的雨水能顺着枝丫,弯弯曲曲一直深入它的根部;如果终有一天暴雨如注,却又害怕变成岸柳,——在悠长的岁月中,它早已习惯于坚硬的岩石与干涩的砂粒了。这样,在事实上,它向往的只能是一朵停云。

有一个人来了又去了。这中间停驻了十三年,欲雨不雨,在另一个人的期望中。

人海茫茫。正如在大海中找不到两朵相同的浪花一样,很难想象,在人群中会寻到质地相同的两颗灵魂。

奇迹出现了。

是音乐契合了他们：柴可夫斯基和梅克夫人。一个创造，一个倾听。"我们只是在距离上是远别的，此外我们便几乎等于一个人；我们对于同一件物事都有同感，而且往往是在同时。"梅克夫人说。

作为"雇主"的扮演者，收购曲谱的人，梅克夫人对于音乐生命的质量，要求十分严苛；可是，当她提出意想中的曲式和主题要求柴可夫斯基创作时，却不忘以女性特有的关怀，唤醒音乐家倦睡的乐思。乐曲完成之后，她那么陶醉于丰美的旋律，仍然不忘报以由衷的赞美，让创造者及时赢取创造的快乐和骄傲。

日日夜夜，梅克夫人的精神深处，到处回应着柴可夫斯基的音乐。她熟悉那里的每一个音符，每一处停顿；熟悉那里每一缕清风，每一簇星光，每一条幽隐的道路……心灵大抵因善感而长于倾听，是故倾听者对艺术的敏感，往往胜于音乐家本人。柴可夫斯基称莫扎特为"阳光灿烂的天才"，她却以鄙夷的口气，说是"伊壁鸠鲁派的莫扎特"；还有瓦格纳，她说他亵渎了艺术，说："多谢上帝，我们没有瓦格纳，只有彼得·伊里奇（柴可夫斯基）。"她以异常的穿透力，通过飘忽的音符，把捉音乐家的整个人格。人格是重要的。在她看来，只有音乐家的人格与才能相等时，才能给人以深刻而真挚的印象；相反,音乐家身上没有"人",作品则愈是音乐化,他愈是一个说谎者,伪善者,剥削者。这是一个具有纯正斯拉夫人血统的女性。在她的身上,除了高尚,分明还透露出一种博大深沉的苦难气质,那是俄罗斯精神的特质;所以,她厌恶莫扎特式的快乐主义,瓦格纳式的形式主义,厌恶炫耀,轻浮,做作,一味的闲雅,而以刻骨铭心的热爱,称柴可夫斯基为"我们的俄罗斯民族作曲家"。对于她,与其说热爱柴可夫斯基的音乐,不如说热爱音乐里的灵魂,俄罗斯的灵魂。

在书信里,梅克夫人称柴可夫斯基为"亲爱的灵魂",正包含了所有一切。找到这样的知音,于音乐家无疑是一种幸运。柴可夫斯基说:"我笔下写出的每一个音符,都要献给你。"他努力寻找两颗灵魂的共振点,并为此而深感慰藉。梅克夫人倾心于他的灵魂——同时也是自己的内心灵魂——里的声音,她这样诉说听了《斯拉夫进行曲》以后的情愫变化:"我一想到它的作者就某种程度来说是属于我的,我就有说不出的快活——谁也不能把它从我这里夺去。自从我认识你以来,我第一次在非常的环境里听你的作品。在贵族会堂里面,我多少感到有若干敌对,我觉得你更欢喜许多别的友人。但是在这里,在一个新环境里,周围都是陌生者,我感到你更其完全地属于我，我感到谁也不能和我做对手。在这里：我占有，我爱！"对于这种"疯狂的呓语"，柴可大斯基回答说："当我知道我的音乐深深走进我所爱的人的心里时，这是我一生最快活的时光……"

《第四交响曲》辉煌了整个演奏大厅，然而听众毫无反应，甚至他所有的朋友，多年生活于其中的音乐学院的赫赫有名的教授们。在沙漠一样的噤默与荒凉之中有一个慰安者从天而降——那就是梅克夫人！这个天使，给他打来祝贺的电报，紧随着，又在信中寄出炙热的赞词，称他为俄国音乐的"伟大的建筑师"。

柴可夫斯基在《第四交响曲》的乐谱上写下"献给我最好的朋友"是当然的；正如梅克夫人称《第四交响曲》为"我们的交响曲"一样是当然的。

——"我们的！"

梅克夫人说："'我们的'这个词儿包含着多少迷人气味哩。"然而，这气味氤氲了好一阵，终于消散了。最后，他们谁也找不到谁，——不，从通信的那一天起，他们就一直规避寻找和认识。他们永远是一对陌生人，虽然那么靠近。

一面规避，一面靠近。

愈是设法规避,愈是渴望靠近。

难道这一切都是火的缘故吗?火能给人温暖,火又能毁灭一切。梅克夫人对此十分了解;当她第一次向火堆投放柴薪的时候,就已经想到灰烬了,因此,必须禁绝燃烧!

梅克夫人:"曾经有过一个时候我想和你见见面。现在呢,我越觉得感动,我就越怕见面。我不能对你说话。如果在什么地方,我们偶然面对面了,我不能够当你是陌生客人的——我应该向你伸出我的手,但仅仅是无言地握着你的手。目前我却宁愿远远的想念你,在你的音乐中倾听你,在那当中一道起伏着感情。"

远远的想念,直到终老。她将伸出的手缩了回来,藏进怀里,不让他看见那几乎病态的颤栗。当她听说柴可夫斯基结婚的消息,曾经寄出一封短简,言不由衷,只是行间夹了这样一句:"有时也得想起我。"想不到柴可夫斯基很快便来信称结婚为"恐怖的日子",告诉她,这是一场"精神的折磨"。这时,她立刻做出反应,怂恿他离婚,——"从伪善和谎话中逃出来"。

逃脱以后又如何呢?在时间之河里,他们是互相追逐,唼喋不休的两尾游鱼;然而在空间,他们只是危岩上各不相属的两棵树,树上的两朵停云。

出于一个根本无法稽查的原因,梅克夫人给柴可夫斯基写了最后一封信。信很短,告诉他产业快要破产了,从今以后再也无法寄钱给他了。行文是一种奇怪的调子,从来未曾使用过的调子。耐人寻味的是最后一句话——"别忘记我,有时也得想起我。"——曾几何时,她同样这么说过。

他读不懂。他猜测,抱怨,伤心,像受委屈的孩子般写了长长一封复信,试图再度点燃火焰。他说,"我从来没有一刻钟忘记你,将来也永远不会忘记你,因为我对我自己的每一个想头,也都与你有关的。"他说,"我用尽我心中所包含的全部热力吻你的双手,希望你能够了解,除了我之外,没有第二个人那样同情你,没有第二个人像你一样感到了那种痛苦,而且为你分担这些痛苦。"他说,"我是烦恼得写不出清楚的字了……"

然而,没有回声。一点也没有。

永别了。

在莫斯科时,他原以为自己快完了,曾写过一张近于遗嘱的纸条:"如果我死了,原稿送与梅克夫人。"如今,她在哪儿?柴可夫斯基整个人崩颓下来,匆匆两年,灰黯的生命遂再也吹不出一粒火星。死时,他发着呓语,轻唤着梅克夫人的名字——

菲拉列托夫娜！……

两个不幸的人。

他们的不幸，是因为一个偶然的机会而竟邂逅了。致命的是，他们都把对方视作唯一的，等同于神。对于幸福，如果说哲人一生致力于意义的追问，他们则始终致力于形貌的想象，在形而上的高处，一样是收获不到浆汁饱满的果实的。

作为遗孀，梅克夫人一直处在对时间的悼亡状态。对着书简流连，叹息，时时提及死亡。对生命失去信心的人，孤单、惊怵、疲倦，有可能进行爱情的角力吗？其实，爱情本身就是一场战争。她无力作战。她表白说："忍从是笨拙的，但又有什么办法？你不能以继续不断的战斗来折磨你自己。"她自称是一个"现实主义者"。关于两个人的现实是，她必须给贫困的柴可夫斯基以物质上的援助，此外都是梦想。她给他钱，以卢布抵偿精神的援助，同时让他也感激卢布，从中安妥自己的灵魂，极力回避因为艺术的相知而可能促进情感关系的未来的恐惧。对于她，音乐欣赏与教养孩子已然构成一个自足的世界。她说音乐里有"一种愉快的肉体的感觉"，她一面沐浴其中，一面以母性角色体验着"养孩子的快乐"，她把这种快乐叫做"现实的诗意"。一种爱被另一种爱置换了。由是,她享有安宁。

柴可夫斯基一样是忧郁的人。他逃避人,一如逃避法律,长期设法一个人留在音乐的故园。他说:"艺术家所过的是一种两重生活,一重是人类日常的生活,另一重是艺术家的生活,这两重生活总是不大能够融合在一起。"他过的其实只是艺术家的生活,而把日常生活抛弃了。梅克夫人说,他一生爱音乐太多,因而缺乏对女性的爱。在他的身上,死亡本能特别活跃,这本能使他变得脆弱,伤感,不堪一击,但是也能培养一种异于寻常的耐受力,使他安于极端的孤独。精神上的自虐,就这样藉艺术创造而化做了自娱。

灵魂是需要血肉滋润的,灵魂深切的交往,同样需要日常生活的足够的给养。普希金说:"习惯代替幸福。"世俗间多少男女自以为幸福者,都是同一个屋顶之下的共同生活的事实:吃饭,交谈,劳作,睡觉,生儿育女,等等毫无激情的大量的重复性动作所构成的,逼仄的空间教人协作、亲近,虽然协作并非协调,亲近也非亲切,正如事实与真实之间存在着巨人的差异那样;然而,事实是强大的,无法违拗的。柴可夫斯基与梅克夫人在同一个戏院里远远避开，在路上相遇羞于窥视，甚至住在同一个庄园里也不互访，所有这些矫情的行为，却在事实上为他们留下了无法弥补的空白。

他们在预设的防线跟前倒下了。

柴可夫斯基与梅克夫人的精神交往，成了音乐家传记中最激动人心的一章。对此，素喜夸张的传记作家写道：爱情的悲剧故事。其实，真正的悲剧是：爱情从未发生。

秋瑾

秋风秋雨愁煞人

1

十多年前,如同影视界大演帝王戏一样,报刊及图书业突然对民国人物热中起来。这其中,有遗老遗少,大小政客、留洋教授、宪法学者,考据家、收藏家、美食家、玩家,各种形相,层出不穷。因这等人物,连带鼓吹一种侍从文化、风雅文化、闲适文化。由于美化倾向明显,于是网络传之为"民国范"。

十九世纪末到二十世纪初,即清末民初时期,王纲解纽,新学西来,推移激荡。所谓社会精英,当时有开明士绅,士大夫及新兴知识分子,开一时风气;由渐进而激进,由改良而革命,骎骎乎直达于五四。及至国民党北伐成功，实行"党治"，基本上结束了民众参与政治的局面。在这种情形下，知识分子的自由精神受到严重的遏制，拒绝"党化"的个体难以获得独立的表现空间。所以，至今的"民国范"中人，实际上是一种病态政治文化的产物，其中多是大儒、雅人，即使涉足政治，也是半吊子政治家，为权门豢养的智囊之士，顶多是"诤臣"，而不是叛徒和猛士。

民国结束帝制，实行共和，天地为之变色。民国的精神，一面批判、破坏、颠覆，一面开拓、创造、建设，代表的是东方现代转型国家的一种革命精神。"革命"一词后来被滥用了，人们觉得讨嫌，其实无非相当于生物学上的"变异"，平常得很，只是把平常的事物以非常的形式在某个历史瞬刻集中呈现出来，让惯于奴隶生活的人们猝不及防，觉得惊心动魄罢了。

所谓"民国范"，身上当寄寓着民国时代的精神。这类人物，多见于开国的一代，至二十年代中期已是日渐式微了。民国经历了许多劫难，有过许多变化，前后是很不相同的。中国历史上出现过好几个富于特色的知识群落：春秋时期的游士，魏晋时期的狂士，晚明的文人社团，再就是清末民初的一代。后者既有个人意识，国族意识，又有人类意识。打破传统地域的文化观念而与世界大潮相连接,这是突破性的时代成就。这代人还有一个特点是勇于实践,主要指政治实践,他们直接参与革命活动,头颅有价而真理无价,往往为了理想,便轻掷生命。他们从士大夫那里脱出,成了新知识者,却夹带了侠义之风。亦古亦今,亦文亦武,慷慨悲歌,世所罕见。

倘若要举代表清末民初风气的人物,秋瑾最为合适。不过,说起这位革命先驱者,恐怕今天知道小凤仙,甚至赛金花的人会更多一些。

2

秋瑾,浙江绍兴人,1877年生于福建,十七岁时随父赴湖南,二十岁结婚,二十七岁随丈夫北上进京。直到这时,用她的话说,过的都是普通妇女的"篱下"生活,没有独立性可言。此后,东渡日本,从事革命,谋划奔走,率众起事,至1907年6月牺牲。完成这所有一切,仅用了短短的四年时间,可见其后期激进的程度。

秋瑾是一位诗人,一部《秋瑾集》,前后时期的作风很不相同。前期近于《花间集》,多写闺阁事,文辞清丽,唯反复出现"知己"一词,隐含某种精神渴求。秋瑾原名闺瑾,留日时去掉"闺"字,易名瑾。透过名字革命,她清楚地表示了作别"第二性"的决心。后期的作品满纸铁血,慷慨豪迈,简直判若两人。

这种变化,与秋瑾进入北京大有关系。

北京是一个政治城市,精英群集,书报多,消息多;因为是国家的心脏,在这里,可以直面政府的专制、腐败与无能。年少在厦门,她见过"红毛人"的骄横之态,居湘期间,正值陈宝箴、黄遵宪等大力推广"新政"时期,维新思想对她有过积极的影响。所以,后来当她艰难筹措学费准备留日时,闻说戊戌党人王照入狱,竟将部分学费托人送至狱中。其实,此时她已经萌生了革命思想,并非改良主义的信徒了。

她写下《宝刀歌》、《宝剑歌》,一时和者甚众。

《宝刀歌》:

> 汉家宫阙斜阳里,五千余年古国死。一睡沉沉数百年,大家不识做奴耻。痛哭梅山可奈何?帝城荆棘埋铜驼。几番回首京华望,亡国悲歌涕泪多。北上联军八国众,把我江山又赠送,白鬼西来做警钟,汉人惊破奴才梦。主人赠我金错刀,我今得此心雄豪。赤铁主义当今日,百万头颅等一毛。不观荆轲作秦客,图穷匕首见盈尺。殿前一击虽不中,已夺专制魔王

魄。我欲只手援祖国,奴种留传遍禹域。心死人人奈尔何?援笔作此《宝刀歌》。宝刀之歌壮肝胆,死国灵魂唤起多……

《宝剑歌》:

炎帝世系伤中绝,茫茫国恨何时雪?世无平权只强权,话到兴亡眦欲裂。千金市得宝剑来,公理不恃恃赤铁。死生一事付鸿毛,人生到此方英杰。……一匣深藏不露锋,知音落落世难逢。空山一夜惊风雨,跃跃沉吟欲化龙。宝光闪闪惊四座,九天白日暗无色。……除去干将与莫邪,世界伊谁开暗黑。斩尽妖魔百鬼藏,澄清天下本天职。他年成败利钝不计较,但恃铁血主义报祖国。

用《水浒传》里的话说,这已是明目张胆的"反诗"了。

在北京,秋瑾开始社交活动,寻找"知己"。她结识了吴芝瑛,日夕过从,以传统的形式结拜为姊妹,还认识了一批有进步思想的知识者,第一次参加由吴芝瑛等发起的"妇女谈话会"的集会。同外界的接触,益增了她对家庭生活的不满,而深感自己是"天下最苦、最痛之无可告语者";即使膝下育有儿女,终至于与家庭决裂。个人的遭际,使她对女权问题倍加关注;而且,自始至终把女权运动置于民族和民主革命运动之中。

秋瑾变卖首饰,筹备留日学费,中途因资助政治犯而告绌,回到老家绍兴再行筹措,并告别家人。1904年6月,她登上"独立号"商船,前往日本。船上,有日人索诗,有作云:

漫云女子不英雄,万里乘风独向东。
诗思一帆海空阔,梦魂三岛月玲珑。
铜驼已陷悲回首,汗马终惭未有功。
如许伤心家国恨,那堪客里度春风。

3

日本经过明治维新,脱亚入欧,国力大增,在战争中先后战胜中、俄等大国。在战胜国面前,中国知识青年满怀耻辱感,又不能不视之为师法的对象,于是纷纷东渡,人数逐年激增。戊戌政变后,日本成了中国政治的演兵场。这里集中了众多的精英分子,他们在日后推翻大清王朝的斗争中起了决定性的作用。在社会动员方面，他们固然发挥了知识人的能量；在争取会党和改造"新军"以壮大军事力量方面，同样建立了一等的殊勋。近年来有论客夸大地方士绅的历史作用，其实，他们与政府之间有着太密切的联系，本质上是敌视革命的。"光复"前后，这种两面性暴露得相当充分，有些士绅参与迫害革命者，在新政权内部，继续起着釜底抽薪的作用。

秋瑾到东京后，先在一所日语讲习所补习日文，次年考入青山实践女学，学习教育及工艺等科学。事实上，她把更多的心力投入到妇女解放运动和革命工作中。她以过人的勇气、见识、意志力和行动力，赢得众多留学生的敬佩和信任。

补习日文时，秋瑾即已发起组织共爱会。这是近代中国妇女最先成立的爱国组织，以反抗清廷，恢复中原为宗旨，主张女子从军，救护战地伤员，又与国内女学联系，要求推广。秋瑾对于看护工作颇为重视，曾经参考日本书籍，译写了一部《看护学教程》，除详细介绍看护的理论与实践之外，还批判了当时社会普遍把看护当成贱业的看法。

经介绍，秋瑾加入冯自由等人组织的秘密团体"三合会"，这是她最早参加的反清革命组织，此后，又先后加入光复会和同盟会。在三合会里,她受封为"白扇",即俗称的军师,从此逐渐充实了有关军事方面的知识。平时,她喜欢穿日本和服,携带一把倭刀,除了在校学习,经常到东京麹町区一家武术会练习体操、剑击和射击技术,还曾去横滨学习炸药技术。这些行动,说明她很早便已经为日后的武装斗争暗暗做着准备。为了唤醒国民,她致力于革命宣传工作。在东京,她倡办《白话报》,并亲自撰文,如《敬告中国二万万女同胞》、《警告我同胞》等。《白话报》为杂志性质,共出版了六期,从内容看,鼓吹民族革命、民主革命和妇女解放,明显是与当时广有影响的保皇派梁启超主编的《新民丛报》相对立的。此外,秋瑾又参与组织了"演说练习会"。她曾经撰文鼓吹演说的好处,实际上是要求更多一种通俗的普及的形式,对国民进行启蒙教育。

1904年年底,因资助长沙起义失败东来的同志,秋瑾倾尽所有,只好回国筹集学费。在路上,她继续联络同志,从未中辍革命工作。春初,只身再次赴日。此行乘坐三等舱,与穷人苦力挤到一起,可见她的平民意识和俭朴生活。

次年冬,清政府驻日公使为了消弭留学生日趋激烈的革命活动,勾结日本文部省颁布所谓"取缔清韩留日学生规则",粗暴侵犯留学生的人身自由和相关权利。留学生对此十分愤怒,群起罢课;湖南学生陈天华投海自杀,激起更大规模的抗议浪潮。在浙江同乡会的集会上,留学生的意见分为两派:一派主张忍辱力学,一派主张回国革命。秋瑾力主归国,有记述说她发言时,随手从靴筒拔出倭刀,插在讲台上说:"如有人回到祖国,投降政府,卖友求荣,吃我一刀!……"

1906年初春,秋瑾归国,全力投入革命。

4

在家乡绍兴,秋瑾在一所女学代了几天体育课,随即转任湖州南浔镇浔溪女学教习。据女学生徐蕴华说,这是浙西的一个富庶大镇,秋瑾到此地,还抱有对革命所需的经济力量有所帮助的希望。又说,秋瑾在女学担任日文、理科、卫生等课程,其间,给学生以革命精神的熏陶,尤胜于知识的启迪。暑假后,秋瑾因故辞职,学生涕泣数日,校长徐自华也相续愤而离校。在这短暂的时日里,秋瑾与徐自华结下终生的友谊,在她的感化之下,徐自华、蕴华姐妹先后秘密加入同盟会和光复会,走上革命的道路。

秋瑾离开浔溪女学后，转往上海，在那里邀集同志，以"锐城学社"为名，联系会党，开展革命活动。她屡去沪杭，两地都有多处联络点；又数次深入内地，足迹遍及省内十多个县市，风餐露宿，艰苦备尝。为了准备起义的军火，她曾在寓所内与同志研制炸药，不慎爆炸，令臂部受伤。这时，幸好因她警觉，忍着剧痛及时将炸药埋藏起来，才躲过警察的搜查，未遭逮捕，但已引起租界当局的注意，据说准备将她驱逐出境。

妇女问题一直为秋瑾所萦怀。冬初，她创办《中国女报》，预定集股一万元，购置印刷机件，准备印报编书，一同进行。她亲自撰写发刊词，还写了一篇《告姊妹们》在创刊号发表，寄希望于广大妇女，自觉奴隶的地位而奋起抗争，脱身黑暗世界，为"醒狮"之前驱，为文明之先导。因资金关系，《中国女报》刊行了两期，便告夭折。

《女报》停刊后，秋瑾完全将注意力集中在军事方面，密谋发动起义。1907年农历正月，绍兴大通学堂师生一致邀请秋瑾主持校务。大通学堂是徐锡麟等人于1905年创办的，课程除国文、英文、日语，舆地，历史、教育、伦理、理化、算术、博物、音乐、图画外，非常重视机械体操和兵式体操，实际上是一所为革命培训军事干部的学校。校方以提倡军式体操为名，请准官方募款购置后膛枪五十支,子弹二万发,并聘有军事教员,密告各地会党选派干部前来集训。秋瑾作为同盟会浙江分会负责人,接手校务后,学校随之成为革命活动的中心。

秋瑾为了统一浙江的秘密军事组织,组建光复军。军中干部共分十六级,徐锡麟为首领,秋瑾为协领,统领的范围及于嵊州、缙云,金华,几乎占了浙江半个省。秋瑾手订军制军规,筹备军饷,购置武器;待诸事齐备,进一步确定起义路线和日期,皖浙同时起兵,随后会师南京。

当光复军下达7月6日(五月二十六日)起义令后,干部不慎泄密,事发武义县,官兵搜出党人名册,由此牵连各地,以致大通学校。即日,徐锡麟在安庆乘巡警学堂学生毕业典礼之际,枪击安徽巡抚恩铭,宣布起义,不幸失败。秋瑾得知徐锡麟死难消息,悲痛之余,仍坚持按起义原计划行事。7月12日,得杭州密报,她当即指挥学校师生掩藏武装,焚毁名册,然后疏散学生,回家将小楼密室藏匿的文件,信札及革命书籍付之一炬。这时,为她素所倚重的同志王金发冒险前来,劝她及时避走,她不同意,反促王金发火速离开。次日下午,密探报告清兵已经抵达绍兴,学生再次劝秋瑾隐避,她仍不同意,遣散最后一批同志,坚持留守。教师程毅及一小批学生不肯走散,紧随秋瑾,甘愿与革命学校共存亡。危急之际,叛徒蒋继云向秋瑾纠缠索费，正交涉中，三百余名清兵突然包围学校。这时，学生再劝秋瑾从后门逃走，她神色自若，拒不同意，于是被捕。

绍兴知府贵福命山阴县知县提审，秋瑾沉默以对，"坚不吐供"，只写了"秋雨秋风愁煞人"七字。贵福改派其幕友严讯，秋瑾只是说："论说稿是我所做，日记手摺亦是我物，革命党之事不必多问"，然后闭目咬牙，忍受酷刑。刑讯毫无结果，又无确凿证据，只好伪造供词，并强按指印结案。由于贵福深惧革命党，正如他给浙抚的电文所云："若竺匪一到，恐有他变"，所以呈请尽早处死秋瑾。

7月15日（六月六日）凌晨4时，秋瑾英勇就义于绍兴古轩亭口。

5

秩序主义者，"告别革命"论者，众多冷淡或畏惧政治的人们，都不同程度地渲染革命的破坏力，把它看作是一场火灾，避之惟恐不速。相反，革命者投身革命，"制造革命"，生存或毁灭都在火中。秋瑾是一只赴火的飞蛾。以她对时局和革命的认识，对人生意义的理解，以及固有的侠义性格，葬身烈火是她的必然归宿。

秋瑾有一个理念是：如果不想做奴隶，就一定要革命；要革命，就一定有牺牲。革命与否，就看如何裁判时局。秋瑾在《普告同胞檄稿》中写道：

> 嗟夫，我父老子弟，其亦知今日之时势，为如何之时势乎！其亦知今日之时势，有不容不革命者乎？欧风美雨，澎湃逼人，满贼汉奸，网罗交至。……夫鱼游釜底，燕处焚巢，旦夕偷生，不自知其濒于危殆，我同胞其何以异是耶？财政则婪索无厌，虽负尽纳税义务，而不与人以参政之权；民生则道路流离，而彼方升平歌舞。佯言立宪，而专制乃得实行；名为集权，则汉人尽遭剥削。南北兵权，既纯操于满奴之手；天下财赋、又欲集之一隅。练兵也，加赋也，种种剥夺，括以一言，制我汉族之死命而已。夫闭关之世，犹不容有一族偏枯之弊。况四邻逼处，彼乃举其防家贼、媚异族之手段，送我大好河山。……

通篇充满激情，然而极其理性：国际国内，政治经济，集权民主，民族民生，全都有了。时局如斯，革命因此具有了正当性。然而，当民众酣睡不醒时，就需要革命的先行者进行广泛的社会动员，有责任，有担当，包括牺牲自己。秋瑾在草拟的另一篇起义檄稿的开头便说："芸芸众生，孰不爱生，爱生之极，进而爱群。盖种族之不保，则个人随亡。"她称牺牲个人以保全民族，是为"大义"，即牺牲的必要性。由于在国家面前，革命力量未免单弱，尤其在草创阶段，因此牺牲又是一种必然。

"救时应仗出群才"。中国革命的"群才"在哪里？秋瑾往来辗转，数年间都在联络同志，然而，她竟然说："回首神州堪一恸，中华偌大竟无人。"

徐自华回忆说秋瑾论交，每每泣下。秋瑾说，妇女界有名人士都访问过，岂知全是"沽名钓誉，徒托空言"者。徐自华批评她太自负，"曲高和寡"，并且举出最有名的几个人诘问她，她回答说："既云有名，请问何人肯出而为公益事，牺牲一己？人皆云我月空一世，与子相处月余，当知余非自负者，庸脂俗粉，实不屑语。余之感慨，乃悲中国无人也。"

秋瑾牺牲前两个月，还在一封致同志的信中写道："近日志士类多口是心非，稍有风潮，非脱身事外，即变其立志，平时徒慕虚名，毫无实际，互相排挤，互相欺骗，损人以利己者，滔滔皆是，向同心同德，互相扶助，牺牲个人，为大众谋幸福者，则未之闻也。呜呼！吾族其何以兴？予也不求他人之知，惟行吾志；惟臂助少人，见徒论空言以欺世及自私自利宗旨不坚者，又不屑与语，故人以瑾为目空一世者，訾也，实悲中国之无主人也。"

她对"人才"的要求，实质是对于一种内涵诚实、友爱、无私、勇敢、坚定等诸种因素的人格要求，而革命者则"须牺牲一切而尽义务"。因为期许太高，反求诸己，便更加坚定了她献身革命的决心。

自日本回国后，秋瑾有信寄给仍然留在东京学习的同志王时泽，信中说：

> 吾归国后，亦当尽力筹划，以期光复归物，与君等相见于中原。成败虽未可知，然苟留此未死之余生，则吾志不敢一日息也。吾自庚子以来，已置吾生命于不顾，即不获成功而死，亦吾所不悔也。
>
> 且光复之事，不可一日缓，而男子之死于谋光复者，则自唐才常以后，若沈荩、史坚如、吴樾诸君子，不乏其人，而女子则无闻焉，亦吾女界之羞也……

秋瑾立誓要做中国女界的第一位女难者。她更字竞雄，自号"鉴湖女侠"，身上有着一种英雄主义的特质；

把刀剑许为知己，咏赞不绝。如《对酒》："不惜千金买宝刀，貂裘换酒也堪豪。一腔热血勤珍重，洒去犹能化碧涛。"狂歌舞剑，热血贲张，豪气十足。然而，《秋瑾集》中，又随处暴露了诗人情感柔弱的方面，不乏诸如"垂泪"、"伤心"、"痛哭"一类字眼。突出的是《如此江山》："萧萧谢女吟《愁赋》，潇潇滴簷剩雨。知己难逢，年光似瞬，双鬓飘零如许。愁情怕诉，算日暮途穷，此身独苦。世界凄凉，可怜生个凄凉女。曰归也归何处？猛回头祖国，鼾眠如故。外侮侵陵，内容腐败，没个英雄作主……"秋瑾的行动是豪迈的，内心是孤独悲凉的。所以，她在赴死时，才会留下"秋雨秋风愁煞人"这样凄怆的遗词，令人想起后来瞿秋白的《多余的话》。大约知识者出身的革命先驱者，都会有着如此近于矛盾的精神状况的罢，唯其如此，他们在历史上的存在才显得更真实，更悲壮，更令人感佩。

由于秋瑾无时不想到赴死，这种光荣的死亡，便给了她的诗作以一种明朗而凄厉的音调。如《感愤》：

莽莽神州叹陆沉，救时无计愧偷生。
抟沙有愿兴亡楚，博浪无椎击暴秦。
国破方知人种残，义高不碍客囊贫。

经营恨未酬同志,把剑悲歌涕泪横。

又如《感时》:

炼石无方乞女娲,白驹过隙感韶华。
瓜分惨祸依眉睫,呼告徒劳费齿牙。
祖国陆沉人有责,天涯飘泊我无家。
一腔热血愁回首,肠断难为五月花。

1907年仲春,秋瑾在杭州和徐自华一起泛舟西湖,随后登上凤凰山巅,凭吊南宋故宫遗址,指点江山,倾吐怀抱。她俯瞰杭州全城,将城厢、街道、路口等绘成地图,准备他日进军杭州之用,然后一同瞻仰岳坟。留连间,她对女友郑重说道:"如果不幸牺牲,愿埋骨西泠。"

端午节后,秋瑾在去上海途中,曾到徐自华处商筹军饷。徐自华倾全部首饰,约值黄金三十多两相赠,秋瑾感激之余,赠所佩翡翠镯子留念,并重提"埋骨西泠"旧约。临行前,秋瑾突发心脏病,面色惨白,落杯于地。徐自华妥为安顿之后,挽留暂住,拟次日专舟送行。秋瑾开始答应,时值五更,待疼痛稍缓,竟即刻起身辞行。徐自华回忆说,别时曙星冷落,烟树朦胧,身上顿觉有一股阴气沉沉来袭,便问:"上海游返无事,可以再来吗?"秋瑾回答说:"今后恐怕不再来了!"

秋瑾在报上看到徐锡麟死难的消息之后,当夜写下绝命词,次日寄给徐蕴华。词云:"痛同胞之醉梦犹昏,悲祖国之陆沉谁挽?日暮途穷,徒下新亭之泪;残山剩水,谁招志士之魂?不需三尺孤魂,中国已无干净土,好持一杯鲁酒,他年共唱摆仑歌。虽死犹生,牺牲尽我责任;即此永别,风潮取彼头颅。壮士犹虚,雄心未渝,中原回首肠堪断!"

其时,距殉难日仅有五天。

暑假返绍的杭州女校教师胡钟秋来校见秋瑾,劝她离开绍兴,到上海暂避。她答道:"我怕死就不会出来革命,革命只有流血才会成功。如果满奴能将我绑赴断头台,革命成功至少可以提前五年。牺牲我一人,可以减少后来千百人的牺牲,这就不是我革命失败,而是我革命成功了。我决不会离开绍兴……"最后,她引用了一句佛家语,说:"我不入地狱,谁入地狱",语意决绝。

其时,距殉难日仅有三天。

对于秋瑾,死亡有着太多的意涵,超越了个人。事实上,并非死神在追逮她。她等候死神已久。

6

秋瑾被斩首暴尸，处以最古老最野蛮的极刑。为了避免株连，家人早已疏散乡下，得知凶信后随即遁迹深山。戚族亲友，把谋反视同蛇蝎，一律远避。秋家无人收尸，大通学校洗衣妇及其他工友用草席裹殓，由同善堂草葬于府山之麓。

据说徐自华曾几次要去收埋秋瑾遗体，为同志所劝阻，吴芝瑛亦有营葬之意，于是两人终于因秋瑾而走到一起。

距秋瑾就义不到四个月，11月10日，徐自华写信约同吴芝瑛联名登报，发起开会，礼葬秋瑾。吴芝瑛不赞成开会登报，以为事先张扬，于事无益。同月22日，报载吴芝瑛为葬秋事将亲赴山阴的消息。徐自华见报后，即刻从浙江石门语溪家中赶往上海会见吴芝瑛，因女儿患白喉病危，中途返回，由徐蕴华代为拜会。吴芝瑛要徐蕴华传话，又连写了两封信，意由二人分任购地与营葬事。徐自华爱女病亡，未能及时到西湖觅地；正在这时，吴芝瑛收到一个托名大悲庵主慧珠的信。

慧珠信中自述说是梁州人，随父卖艺，行走江湖；后被掳入王侯家，王死后，遁入空门。她远赴杭州天竺寺进香时,顺游西泠,喜爱此地山水,便买下大悲庵。一日有道友从山阴来,述及秋瑾事,于是遍购各种报纸,追踪事件始末。当她得知吴芝瑛将渡钱塘移葬秋瑾,甚感钦佩,因而提议献出庵房葬地,并表示甘愿终身躬奉祭扫。

吴芝瑛将慧珠来信事致函徐自华,但因怀孕在身,病体缠绵,不能按计划前往山阴为秋瑾营葬。此前,她曾有《哀山阴》二绝句见报,其中一首云:"天地苍茫百感身,为君收骨泪沾巾;秋风秋雨山阴道,太息难为后死人。"徐自华代替吴芝瑛为秋瑾收骨,其时已是深冬,阴云四合,风雪迷漫,可谓悲壮。她写有感事诗四首,前二首云:

者番病阻渡江迟,欲访遗骸冷不辞。
肯为女殇灰此志,既言公益敢言私?

哭女伤心泪未干,首途急急觅君棺。
一腔热血依然在,纵冒风霜不怕寒。

徐自华的绍兴之行专为与秋瑾家人及同人商议迁柩安葬事。她同秋瑾长兄秋誉章直往杭州为秋墓购地,选中西湖中心点,居林逋、于谦、岳飞墓遗迹之间。在决定购置前，徐自华曾遍寻大悲庵不见，她将情况告知吴芝瑛。对于墓地选址，吴芝瑛是满意的，而找不到大悲庵的消息，却让她深感失落。据说后来她还同丈夫寻访过慧珠，结果仍然是"芒鞋踏遍孤山路，满眼梅花不见人"。

墓地选好后，秋誉章将灵柩护送至杭州，秋瑾的安葬活动便正式开始了。

在政治高压之下为死去的政治犯举行会葬，是需要极大勇气的。而促成此举的，全赖二位弱女子的努力。吴芝瑛因病未能出席，但亲笔写下"呜乎山阴女子秋瑾之墓"一行文字，刻为碑石，立于墓前。徐自华亲临会场，照拂一切，事后有诗写道："白马素车群从盛，知君含笑在重泉。"

秋瑾追悼会于1908年1月25日在杭州凤林寺举行。数百人闻讯前来祭奠，会上辩论演说，情绪激烈。很明显，集会带有反政府倾向，就连秋瑾墓的存在本身，也是一种挑战，一个反叛的象征。

会上，诗人陈去病提议成立"秋社"，大家一致同意，并公推徐自华为社长，每年阴历六月六日为秋瑾纪念日。

是年10月，清廷御史奏请平毁秋墓、严惩营葬发起人吴芝瑛、徐自华，指二人"在杭将女匪秋瑾之墓改葬，规制崇隆，几与岳武穆之墓相埒，致浙人有岳王坟，秋女坟之称"，故当毁之，以"遏乱萌而维持风化"。上奏得到批准，秋墓便于12月11日被平毁，棺柩由秋誉章运回绍兴。至于戴罪之人，徐自华"优游海上"，并不以为意；吴芝瑛不顾重病咯血，毅然从德国医院搬回家中，不愿寄身外国医院，以免接受异族保护的诉议。她还传电发函给两江总督端方，表明"因葬秋获谴，心本无他，死亦何憾"；慨言"彭越头下，尚有哭人，李固尸身，犹闻收葬"，声明此间一切责任，"愿一身当之"，惟求"勿再牵涉学界一人"，并"勿将秋氏遗骸暴露于野"，可谓大义凛然。

鲁迅在文章中写道："中国人不但'不为戎首'，'不为祸始'，甚至于'不为福先'。所以凡事都不容易去改革；前驱和闯将，大抵是谁也怕得做。"然而，秋瑾做到了。鲁迅在同一篇文章中还写道："中国一向就少有失败的英雄，少有韧性的反抗，少有敢单身鏖战的武人，少有敢抚哭叛徒的吊客"。然而，吴芝瑛徐自华做到了。

三个女子，都是民国人物。虽然，秋瑾殁于民国成立前四年，却把一腔热血和精神留给了民国。

7

中华民国是在革命者和反革命的共同的欢呼声中建立起来的。

五色共和,"咸与维新"。一种取消了正义原则的"宽容",使先前的革命的敌人完全没有了顾忌,他们的罪恶得到湔洗,权欲、嫉恨和野心再度膨胀。革命者开始时还有一点作为,但很快同流合污;所谓"不念旧恶",实际上是执意忘记过往的黑暗、不幸、流血和死难,放弃曾经为之奋战的一切。秋瑾的同志王金发捉放章介眉是一个例子。王金发发誓为秋瑾复仇,光复后做了都督,逮捕杀害秋瑾的谋主章介眉,但不久便把他释放了。新都督为旧势力所包围,正如鲁迅所说,渐渐蜕变为老官僚,终至于动手"刮地皮"了。

秋瑾在新政权中被尊为"烈士",其实仅美名而已,身后是寂寞的。重新兴建秋瑾墓,政府并无动议,事情仍然由民间发起。徐自华和秋社的同志向政府提出建议,西湖凤林寺主持僧得知消息,立刻自动捐献了大片土地,作为墓地。徐自华找人设计了陵墓图样,墓顶设铜像,并把埋于地下的由徐自华作,吴芝瑛写,名金石家胡菊龄刻的时人称为"三杰"的墓表翻掘出来,重新安放。同时,买下刘公祠，改建为秋社社址。徐自华又个人出资，加上吴芝瑛的补贴及同志的捐助，在原来安葬秋瑾的墓地上修盖一座风雨亭，以作纪念。

待秋瑾灵柩运回，工程进行到中途时，北京来了一位新政府要人，对浙江省都督朱瑞指示说，秋瑾是一个革命烈士，决不能与岳王坟并列。于是取消墓顶铜像，墓身改低五尺，"三杰"墓表也废弃不用。这时，朱瑞正好利用机会，在墓碑刻上"浙江都督朱瑞立"字样，藉烈士的英名以传后世。

秋瑾异母弟秋宗章为纪念烈士殉难二十七周年而作《六六私乘》，表达了对秋瑾所受冷遇的不平。他说，光复之后，不少先烈被铸成铜像，而秋瑾则是一抔黄土，祠宇凄凉。虽然有人建议铸像，但是结果是"公家付诸弗闻，社会亦复淡忘"。

秋瑾女儿王灿芝也在文字中感慨写道："今日民国成立，革命成功，论功行赏，死者则铜像巍峨，生者亦高官显赫，惟独先母非特无铜像之设，即一败垣之祠宇，亦经浙省府前主席鲁涤平批准发还刘姓后裔矣。嗟乎！世态炎凉，观此诚外国人之不若矣。良可慨也。"

亲属关心的是铜像，社会上却有人关注历史书写问题。南社诗人陈去病同情革命，写过《鉴湖女侠秋瑾传》，宣传秋瑾事迹。叶颂清读后，即作文指出文章有失实之处，另有《记秋女士遗事》及《鉴湖女侠墓表》二文，也与当时情事不符。此外，还存在一个书写语言问题。文章指出："当是时，排满之气，弥漫中国，吾党群以死国为快，而陈去病之秋传论，尚隐约其辞，曰'屈杀'、'锋芒未敛'，失先烈意矣。"又说"处清廷积威之下，语多讳忌，或故曲护之未可知也。"他强调抢救历史的急迫性，认为先烈志事得不到如实的记录，是后死者的责任。他所以出面纠正陈文的错漏，是因为，"余从先烈后，得躬与其事，至今回顾同侪，下世者大半，余亦垂垂老矣，若再迁延，遗老尽矣，此余之不能无言也。"

  官方出于愚民的需要，向来掩盖和歪曲历史；文人学者则出于怯懦和惰性，从来不敢正视历史，于是真实从此湮埋，无从记忆。然而，更可怕的是对所经历的时代的人与事，以致对身边的悲剧麻木无感；连为了改变他们的境遇而甘作牺牲的先烈，也得不到他们的敬重和忆念。鲁迅作为秋瑾的同乡和留日同学，多次提到秋瑾，对于她的被诋毁，被冷落，被遗忘，表现出一种孤愤。最有名的就是小说《药》：秋瑾化名夏瑜，她的血被做成了人血馒头。行刑的地方被写作"古□亭口"，有意用方格代替"轩"字，一者讽喻民众的健忘，二者象征历史的含胡或消亡。

总之鲁迅的本意,并不像时下的"大师",在小说中勾出若干行方格,故意隐匿其辞,以激发读者对于男女私事的悬想。

秋瑾的故事是关于前民国的故事,也是民国后的故事;是革命和革命者的故事,同时也是国民的故事。在这个故事中,其实包藏着许多政治和历史的玄机——

鲁迅忽然想到,大约也就因此写下《忽然想到》,其中有一则说:

> 我觉得仿佛久没有所谓中华民国。
>
> 我觉得革命以前,我是做奴隶;革命以后不多久,就受了奴隶的骗,变成他们的奴隶了。
>
> 我觉得有许多民国国民而是民国的敌人。
>
> 我觉得有许多民国国民很像住在德法等国里的犹太人,他们的意中别有一个国度。
>
> 我觉得许多烈士的血都被人们踏灭了,然而又不是故意的。
>
> 我觉得什么都要从新做过。……

2014年2月

编后记

所写关于著名女性的文字,积存下来居然可以凑成一个集子,这是始料未及的。好像是歌德说的,"永恒的女性,引领人类飞升";我虽然未至确信,但想以女性天性的柔弱,而具有乃至超越男性的胆魄、智慧、意志力,实在是很可赞美的。

这里的女性,大多来自西方国家,而且都生活在近现代。其中有革命家、思想家、学者、作家和艺术家,她们以不同的方式同权力与自由相联系,在历史多幕剧中完成了各自担当的角色。惟有一位女性,在个人情感的纠缠中挣扎,犹如背景音乐中一个悄然脱落的音符。

女革命家特别令我敬佩。在旧制度面前,她们的反抗明确、激烈而彻底。秋瑾和米雪尔与其说是危难时刻考验了她们,毋宁说是她们给自己制造了危难时刻。卢森堡将近有一半时间在牢狱中度过。她的著作内涵丰富,有一种浓厚的人道主义色彩,显然同她身为女性有关。

人们普遍认为女性拙于理性思考,其实是不确的。就说薇依和阿伦特,论思想的独特性和深刻性,都远出于许多伟大的男性著作家之上。不妨拿同出巴黎高师的薇依和萨特相比,萨特的存在哲学,一样蕴藏在薇依带点神学意味的著作中,而薇依的丰饶的诗性是萨特所没有的。两人对哲学的履践一样令人起敬,惟薇依的人生实践,严格到近于自虐;萨特的实践则是通向外部,通向集体活动和社会运动,更着意于时代的风向,乃至一度走到斯大林主义者的边缘。阿伦特关于极权主义,关于革命与共和等等的论述,明显地融入了她的人生经验和内心体验,是一般学者所没有的。

爱与死,据说是现代艺术的基本主题,到了珂勒惠支手里,却成了藉以保护穷人、妇女和儿童的武器。另一位德国女性不同,里芬施塔尔拿艺术同魔鬼做交易,建立起一种"法西斯美学",至今一些意识形态国家的宣传仍然有她的遗响。这里的反差是极大的。

同为俄罗斯妇女,对于身处逆境的态度,茨维塔耶娃同曼德施塔姆夫人很不相同。一个因绝望而自杀,一个则说是没有希望仍然希望,坚持活下来,终至于见证一个反自由反人民的庞大政体的沦亡。赫塔·米勒是一只孤鸟,在黑暗和沉默里飞行,即使远离祖国,依然不改变原来的文学方向:反抗专制和追求自由。

  我没有过多地关注西方的女权主义者,就因为她们太局限于争取妇女自身的权利的斗争。我始终觉得,女权问题是同人权问题紧密联系在一起的;何况,世界上绝大多数的国家和地区,人权状况依旧严峻。于是这个问题,连同形象,也就在我的笔下经意和不经意地滑过去了。

2014年5月2日

图书在版编目(CIP)数据

她们/林贤治著. —上海：复旦大学出版社，2014.9
（微阅读大系. 林贤治作品2）
ISBN 978-7-309-10812-5

Ⅰ. 她… Ⅱ. 林… Ⅲ. 诗集-中国-当代 Ⅳ. I227

中国版本图书馆 CIP 数据核字(2014)第 152934 号

她们
林贤治 著
责任编辑/李又顺
复旦大学出版社有限公司出版发行
上海市国权路 579 号　邮编：200433
网址：fupnet@fudanpress.com　http://www.fudanpress.com
门市零售：86-21-65642857　　团体订购：86-21-65118853
外埠邮购：86-21-65109143
浙江新华数码印务有限公司

开本 850 × 1168　1/32　印张 7　字数 118 千
2014 年 9 月第 1 版第 1 次印刷
印数 1—4 100

ISBN 978-7-309-10812-5/I・849
定价：28.00 元

如有印装质量问题，请向复旦大学出版社有限公司发行部调换。
版权所有　侵权必究